耳に棲むもの

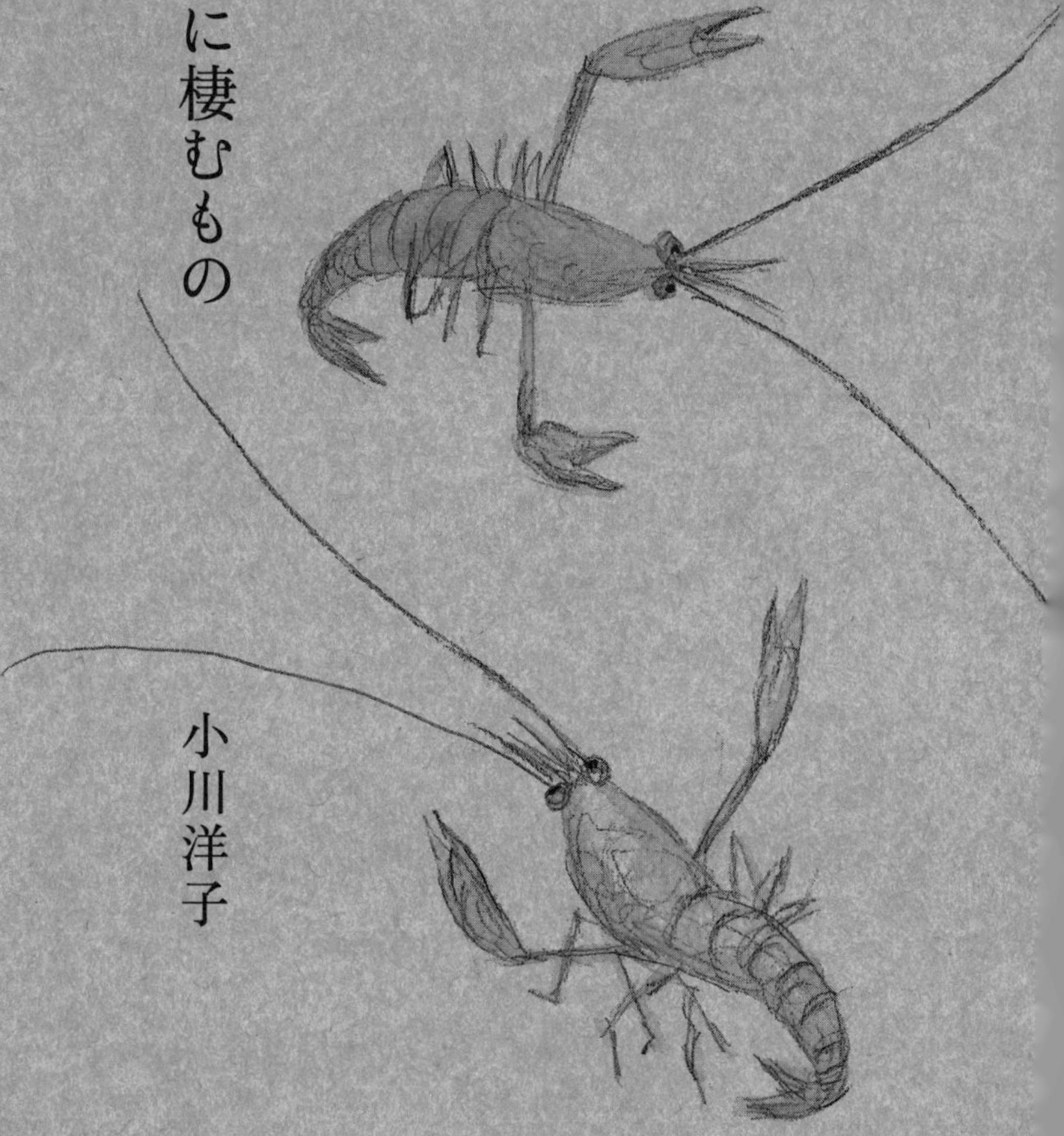

小川洋子

講談社

装画・挿絵　山村浩二
装幀　大島依提亜

骨壺のカルテット

L耳鼻咽喉科医院の院長先生がいらしたのは、夕暮れ時、ちょうど晩御飯の支度に取りかかった頃だった。

「お忙しい時間に申し訳ございません」

午後の診察が終わってすぐにやって来たらしく、白衣姿のままだった。

「お父さまにもう一度、最後のお別れを、と思いまして」

「それはどうも、ありがとうございます。明日、納骨式なんです」

院長を招き入れながら、私は言った。

父の遺影と骨壺の前で、院長はお祈りをした。背中を丸め、合わせた両手に額を押し付けたその姿は、普段よりいっそう小さく見えた。洗濯のしすぎでごわごわになった白衣の襟から、糸くずが何本もはみ出していた。

「お墓はどちらですか?」

目を閉じ、手を合わせたまま院長は尋ねた。

「とても遠いところです。汽車と船とバスを乗り継いで行かなければなりません」

「ああ、そうですか」

お祈りはいつまでも続いた。

院長先生と父とは、私が生まれる前からの長い付き合いだった。補聴器製造会社の営業部に勤めていた父は、仕事柄、大勢の耳鼻咽喉科の医者と付き合いがあったが、家の近所にあるL医院を最も信頼していた。

「耳と鼻と喉の奥に張り巡らされた迷路の、精密な探検者だ」

と言って、院長に尊敬の念を抱いていた。仕事上の関係にとどまらず、個人的に主治医としても頼りにし、胃腸や皮膚や目の不調でさえ、まずL耳鼻咽喉科医院を受診するのが習いだった。たとえ専門外であっても、院長先生は快く診察して下さった。

朝、ベッドの中で冷たくなっていた父のもとに一番に駆け付け、万事的確に取り計らってくれたのも院長先生だった。急な父の死に驚き、うろたえる私に、

「苦しみはありませんでしたよ。ご覧なさい。静かな音楽に耳を澄ましているようなお顔をなさっていらっしゃる」

という慰めの言葉をかけてくれた。

少しずつ日がかげり、庭の木々の間から、暗がりが忍び込もうとしていた。梢の向こうに、うっすら三日月が浮かんでいた。ついさっきまでさえずっていた小鳥たちは、いつの間にか姿を消していた。

院長は合わせる両手に力を込め、なお深く頭を垂れた。できるだけ小さく体を丸めていた方が、死んだ者のそばにより近づけると信じているかのようだった。遺影の父は、微笑んだ方がいいのか、生真面目でいるべきなのか迷うような表情を浮かべていた。

冷めたお茶を淹れ直すため、私はキッチンに立った。切りかけの人参とジャガイモがまな板の上に転がったままになっていた。

「そうですか。明日が納骨」

「はい」

「暖かくなるとよいですが」

「さあ、どうでしょう」

「お墓というところは、どんな季節でもたいてい、肌寒いものです」

そう言って院長は熱いお茶をすすった。キッチンから戻ると長いお祈りは終わっていた。

「見晴らしのいいお墓なのですが、小高い山のてっぺんまで、急な小道を登ってゆかなければなりません」

「ああ、ならば残念ながら、わたくしのような者がお参りすることはとてもできそうにありません」

常々院長は、エリザベス女王と同じ生年月日なのを自慢にしていた。医者としてはとうに引退していておかしくない年齢だった。腰は曲がり、声はかすれ、禿げあがった額には濃い染みが広がっていた。跡継ぎはおらず、誰の目にも閉院の時が近いのは明らかだった。診察のためというより、雑談のために訪れる父のような昔馴染み以外、新しい患者の姿はほとんどなく、一人だけ残っていた古参の看護師もとうとう辞めてしまった。

「お父さまは実に立派な補聴器販売員でいらした」

「恐れ入ります」

「単に物を売るというのではなく、お一人お一人に本当に必要な音を届けておられた」

「そうでしょうか。父の仕事のことはよく分かりません。出張続きで留守ばかりでしたから」

「なかなか世の中に、そのような補聴器販売員はおられません」

空が群青色に染まってゆくにつれ、三日月が少しずつ明るい光を帯びようとしていた。いつも家庭菜園の野菜を齧りに来る野良猫が、窓の向こうを悠々と横切ってゆくのが見えた。院長は菓子皿をのぞき込み、しばらく迷ってから一番小さな丸いクッキーをつまみ上げ、すぼめた唇の間にそっと押し込めた。サクサク、という音を聞きながら、私たちは黙って向かい合っていた。

いくら老い衰えても、かつてその目と指先がいかに正確に動いていたか、私は知っていた。子どもの頃、副鼻腔炎や中耳炎になるたび、L耳鼻咽喉科医院にかかっていた。あれほど出張ばかりだったにもかかわらず、私が病気になる時にはなぜか、必ず父がいて、そばに付き添った。耳鏡の細い穴から暗闇を見通す瞳の鋭さ、耳用鉗子を差し入れ、何やら怪しげなものを引っ張り出す手首の繊細な回転、薬剤を噴霧する圧力の加減の優しさ。治療椅子の私と傍らの父、二人は一緒に目を見開き、呼吸を合わせ、同じ驚きを感じていた。父は娘が病気なのも忘れ、その体に特別な魔術が施されているかのような、うっとりした表情を浮かべていた。

「お利口さんでした。ご褒美にこれをあげましょう」

私が何より楽しみにしていたのは、治療が終わると、のど飴を一粒もらえることだった。院長先生は医療器具が並ぶ台から、丸い缶を取り上げ、もったいぶった手つきで蓋を開けると、一粒、そっと舌の上にのせてくれた。真っ白で喉がスースーする飴だった。さほど美味しくはなかったが、魔術を無事耐えた者にだけ与えられる護符を受け取るように、ゆっくりと舐めた。父は私の口元を羨ましそうに見つめていた。

院長は白衣にこぼれた粉を払い落とし、もう一つ、クッキーに手をのばした。すぼんだ唇は、ご褒美ののど飴を舐めていた頃の私の唇と、同じくらい小さいのではないか、という気がした。

「最近、医院はどんなご様子ですか」

沈黙をやり過ごすため、私は口を開いた。

「まあ、ひっそりとしたものです」

院長は答えた。

「病院がにぎわっていないのは、むしろ喜ばしいことです」

「院長先生を慕っておられる患者さんは、大勢おられます」

「しかし相変わらず、侵食は続いておりますよ」

院長はつぶやいた。

二十年ほど前、道路の拡張工事のため、医院の敷地の裏側が一部削られたのが、ことのはじまりだった。以来、数年おきに避けられない事態が起こり、L耳鼻咽喉科医院は少しずつ面積が狭められていった。延長される地下鉄が真下を走ることになり、薬品とカルテの保管庫に使っていた地下室が埋められる。地震により建物が傾き、コンクリートの柱で補強した結果、処置室のスペースが半分になる。屋根の一部が境界線をはみ出している、との苦情が隣家から寄せられ、ひさしを切り落とす。経済的な問題のため、住み込み看護師さん用だった離れのある、西側部分を売却する。

医院の前を通るたび、門から中の様子をうかがい、新しい変化が発生していないか、確かめないではいられなかった。ただひたすら縮小が続くばかりで、何かが付け加えられていることは決してなかった。玄関前の棕櫚の木は切り倒され、崩壊寸前だった自転車置き場は撤去され、ベランダの手すりは外れて落下していた。けれど診察室の窓には、いつも明かりが灯っていた。

「まあそれでもおかげさまで、どうにか診察室におさまっております」

私は院長先生が丸椅子に座り、治療椅子に座る患者に覆いかぶさるようにして、彼らの顔に開いたさまざまな穴を探索してゆくさまを、思い描いた。道路や地下鉄や地震や隣人たちによって侵食され、子どもの頃の記憶よりもずいぶんこぢんまりとしてしまった医院だが、必要な治療器具は全部そろっている。台の片隅にはスースーする飴の入った缶が、ちゃんと置かれている。診察中の院長先生は、なぜかさらに小さく見える。院長の体と、縮小してゆく医院とが、親密に共鳴し合っている。私の胸の中で院長先生は、片手にのるのど飴の缶と同じくらいの大きさになっている。小さくなればなるほど老いも進み、もはや年齢など分からない。皺だらけの白衣は皮膚と区別がつかず、関節はあちこち変形し、白目は黄ばんでいる。院長先生と同じ誕生日なのは、もしかしたらエリザベス二世ではなく、一世なのかもしれない、と私は思う。

「もう一つ、いただきましょう」

「どうぞ、どうぞ」

院長先生が次々とクッキーを口に運ぶたび、二人の間に粉が散らばっていった。わずかに残っていた西日は空の向こうへ遠ざかり、庭は暗闇に包まれ、三日月のそばには星が瞬きはじめていた。風が出てきたのか、部屋が少し冷えてきた。それでも白衣一枚の院長は、穏やかな表情のまま、同じ姿勢を保っていた。私はお茶を淹れ直すため、もう一度キッチンに立った。まな板の上の人参は切り口が干からび、ジャガイモは灰汁《あく》が浮き出て薄緑に変色していた。

「このあたりは、静かですねえ」

「路地の突き当りですから」

「死んだ方が一休みされるには、うってつけの場所です」

遺影の父は相変わらず、どことも知れない遠くに視線を送っていた。遺影と骨壺を取り囲むようにして置かれた花々の何本かは、早くもうな垂れ、花弁を散らしていた。もうすっかり夜だった。

「父はもの静かな人でした」

「そうでしょう」

「普段から耳をいたわって、大きな声を出さないようにしていました」

「補聴器を売る人間が騒々しくては、お話になりません」

「耳鳴りがひどかったのです」

「しかしそれを苦にされていたご様子はありません」

「はい。むしろ外から入ってくるより、内側で鳴っている音の方に耳を傾けている方が、心が落ち着いたようです」

「よく分かります。こんなわたくしでも一応は、数えきれない方々の耳の中を覗いてきましたから」

会話が途切れると、あとは窓の隙間から風の舞う音が忍び込んでくるばかりだった。院長先生自身の耳は、潤いをなくして内側にしぼみ、輪郭が歪んでいた。音を聴くための器官というより、枯れかけた茸の笠のように見えた。

「父が出張から帰って来ると、すぐに分かったんですよ」

気づかないうちに、クッキーの皿は空になっていた。院長先生はまだ立ち上がる気配を見せなかった。果物でも切ればいいのだが、お出しできるものはもう何もなかった。仕方なく私は、お茶を注ぎ続けた。

「路地の向こうから、鞄の中の缶が、カラカラ鳴るのが聞こえてくるんです」

「そうでした。お父さまはいつでも缶々を持ち歩いておられた」

「ちっともうるさくはありませんでした。吐息のような、ささやきのような、ひっそりとした音で、父の足音と上手く重なり合っていました」

院長先生は深くうなずいた。

「中身が何か尋ねても、教えてくれませんでした。あちこちの旅先で拾った、名づけようもないささやかなものだ、と言ってはぐらかすばかりで」

「お守りのようなものだったのでしょう。長旅にはそういう何かが必要です」

「でも不思議なことに、遺品を整理しても缶は出てこなかったんです。古びて蓋のへこんだ、クッキーの缶でしたが」

「ああ、なるほど」

院長先生は空になった皿を中指でぐるりとなぞり、指先についたクッキーの粉を舐めた。一瞬、思いがけず赤みを帯びた舌がのぞいて見えた。

「ちょっとよろしいですか」

SINCE 1912 TOKYO JAPAN
SINCE 1912 TOKYO JAPAN
Butter Cookies

不意に院長先生が身を乗り出し、骨壺を持ち上げると、包みの紐を解きはじめた。私はただ驚いて、目を見開くばかりだった。たちまち包みの中から白い陶器の壺が姿を現した。焼き場でまだ温かい骨を箸でつまみ、壺に入れた時の光景が思い出された。

「立派な大腿骨をお持ちだ。長い道のりを歩いてこられた方の脚だ」

と、焼き場の係の人がお世辞を言うような口調で繰り返した。押し込めても押し込めても、入りきらない骨がまだたくさん残っていた。どうしてもっと大きな骨壺を用意して下さらないのですか、と私は係の人に抗議したい気持ちで一杯になった。

院長先生は骨壺を両膝の上に抱きかかえ、ためらいもなく蓋を取った。そんなにも呆気なく蓋が開くのかと、息を呑む私になどお構いなく、院長は白衣のポケットから耳用鉗子を取り出し、ぎゅうぎゅう詰めになった骨の中に、それを深く突き刺していった。診察室の台の上にお行儀よく並んでいた、ハサミ形の器具だ。親指と中指を入れる輪があり、途中で直角に折れ曲がり、細く真っすぐにのびたその先端が、トカゲの舌先のように二股に分かれている。指を動かす加減により、二股がくっついたり離れたりする。

丁寧に手入れをされているらしく、院長先生の手の中で、耳用鉗子は銀色の光を放っていた。骨壺の奥から骨と骨のこすれ合う音がした。それを聴いているとなぜか、骨がまだ温かいかのような錯覚に陥った。

院長の手つきは昔のまま、少しも衰えてなどいなかった。その耳用鉗子は、豆、ビーズ、種子、蟻、綿球、嚢胞、腫瘍、血腫、垢……、さまざまな異物や病変部を迷路から引っ張り出してきた。心持ち院長は首を傾け、骨の音に耳を澄ませつつ、あとどれくらい奥があるのか、どの角度で回転を加えればいいのか、指の開きはどれくらい必要か、あらゆる神経を骨壺に集中させていた。もはや手とトカゲの舌は、境目のない一続きの医療器具だった。指の第一関節のわずかな変化が、舌先の二股に伝わり、重なり合う骨のすき間を慎重に探っていた。クッキーの粉を舐めた中指は湿り気を帯び、鉗子の輪にしっとりと吸いついていた。

院長先生の腕に抱かれた父の骨は、あまりにも濁りのない密度の濃い白色をしていた。ほとんど白というものを突き抜け、薄桃色の気配を帯び、真実の骨そのものが持つ本性を見せている、と言ってもよかった。表面がざらついているの、雲母のように薄くはがれたの、強固な形を保ったの、さまざまな形と大きさがあった。どれもみな、院長先生に安心してすべてを委ね、されるがままになっていた。

窓の向こうで目印になるのは、三日月と数個の星だけだった。風とともに伝わってくる冷気で足がかじかみ、立ち上がってストーブをつけようとしても体が動かなかった。二人の間に漂う骨の音に耳を傾ける以外、私にできることは何もなかった。

一瞬、院長先生の目つきが変わり、指先と手首がこれまでにない大胆な動きを見せた。鉗子がゆっくりと骨壺から引き抜かれた。二股の舌先には、小さな骨片が一つ、挟まっていた。ついさっきちらっと目にした、院長先生の舌がよみがえってきた。同じ動きがあと三回繰り返された。焦りも、やり直しもなかった。鉗子の動きを見ていれば、確信に満ちた結果が得られたのだと分かった。取り出された四つの骨片は、どれも形が異なり、掌の窪みにおさまるほどの大きさしかなく、繊細な姿をしていた。院長先生はその四つを掌に並べ、捧げ持つようにして私の眼前に差し出した。

「お父さまの耳の中にあったものたちです」

私は掌の中に視線を落とした。

「これほど完全な形で残るのは珍しい。特別な補聴器販売員であった証拠と言えましょう」

「耳の骨ですか？」

私は尋ねた。

「正確には骨ではありません。耳の中に棲んでいたものたち、と言えばよいでしょうか……」

言葉の意味を飲み込むまで、しばらく時間がかかった。

「お父さまの心の声を発していたものたち、と言い換えてもよいかと思います」

「はあ……」

「本当はどなたの耳の中にもあるのですよ。人それぞれの形で。しかしお父さまのように、それにきちんと耳を傾けることのできる方は、そうはおられません」

院長先生は掌でその四つを小さく転がした。ほんのわずか、四つの触れ合う気配が立ち上った。

「六十年以上、人様の耳を診察し続けてきたのですから、そこに棲むものたちにも、数多く接してまいりました」

「はい」

「皆様はご自分の声が喉から発せられると思っておられる。しかし心に浮かんだ言葉は、耳に棲むものたちによってこそ、音になるのです」

白衣が窓に映る暗闇に滲み、少しずつあいまいになろうとしてゆくなか、ただ私に向かって差し出された掌だけが、四つのものたちが放つ白さに照らされ、くっきりとした輪郭を浮かび上がらせていた。

「四つですから、カルテットですね」

そう言うと院長先生はポケットに耳用鉗子をしまい、代わりにのど飴の缶を取り出して蓋を開けた。スースーする懐かしい匂いがしたような気がした。

「大勢の子どもたちを励ましてきた飴も、今ではすっかり空っぽになってしまいました」

錆びつき、蓋の模様は消えかけ、あちこち傷だらけになった空き缶の中へ、院長先生はカルテットを一つずつ、骨壺から取り出した順番に仕舞っていった。

「さあ、どうぞ。これがお父さまのお声です」

私はカルテットの入った缶を受け取った。用の済んだ骨壺が傍らに取り残されていた。

院長先生が帰ったあと、私は散らばった花びらを片付け、干からびた人参と変色したジャガイモを生ごみ用のビニール袋に捨てた。風が強くなってきたのか、流れる雲に三日月が隠れ、窓ガラスに映る木々の影が揺れていた。本当に院長先生が姿を消したかどうか確かめるため、背伸びをして路地の向こうを見やったが、ただ静けさが広がっているばかりだった。

私はのど飴の缶を開けた。カルテットは四つ、輪になって仲よく並んでいた。よく観察してみれば、一つはずんぐりとして厚みがあり、一つは円形をし、残り二つは兄弟のようによく似た曲線を持っていた。

「けれどもお父さまのお声に、直接お答えになってはいけませんよ」

と、院長先生は言った。

「死んだ者の声に答えると、あちらの世界へ連れて行かれると、よく申しますでしょう。どんな国にもある言い伝えです」

そして院長先生は白衣のポケットからまた新たな器具を取り出した。

「これを差し上げましょう。恥ずかしながらわたくしが鼻水吸引用のオリーブ管を細工して、自分で作りました、鼻笛です。もしお父さまのお声に返答したくなった時

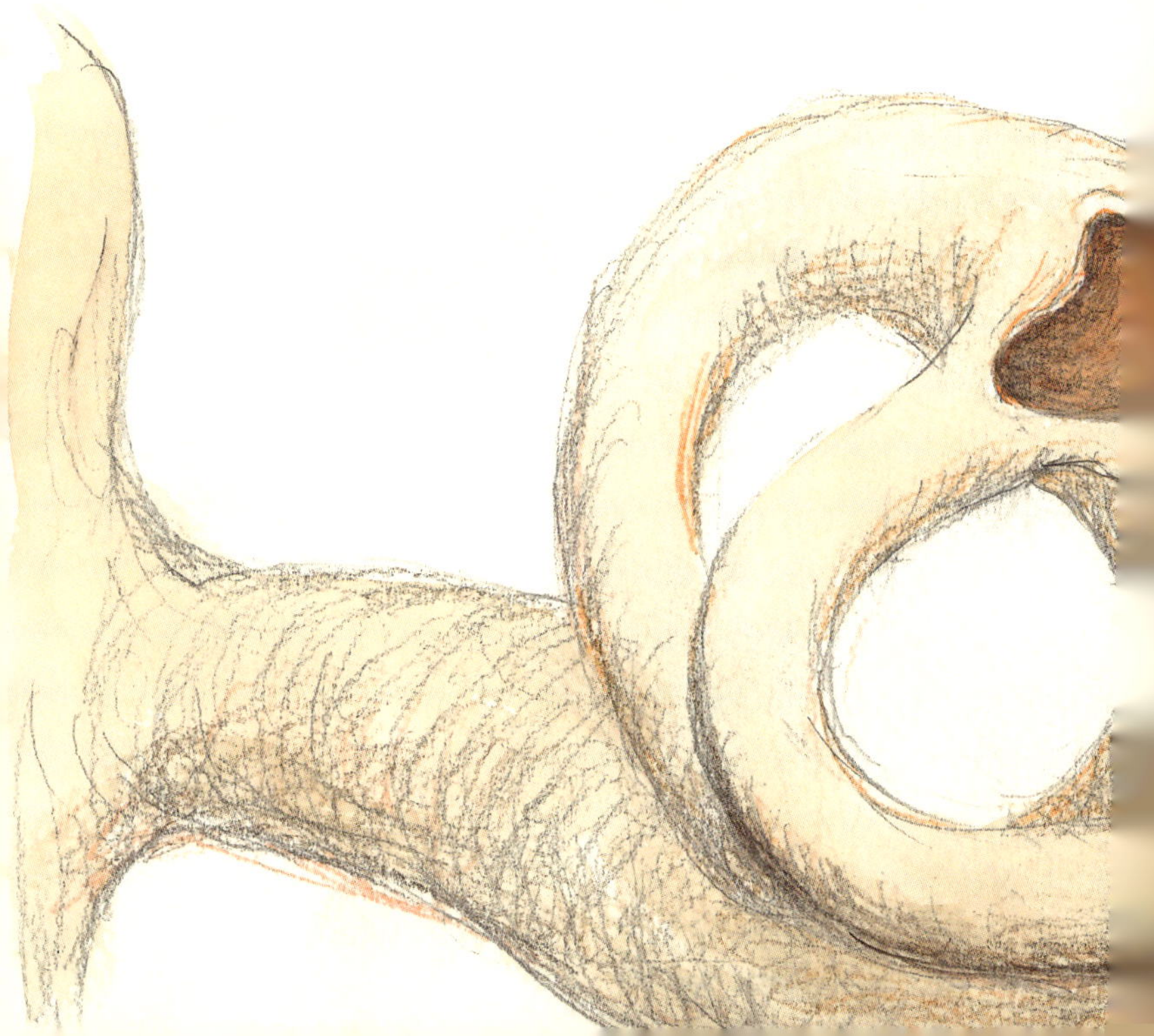

は、この鼻笛をお使いになればよろしい」

それは片方の先端が丸みを帯び、そこから少しずつ滑らかに細くなってゆく、六、七センチほどのガラス管で、四つ小さな穴が開けられていた。長年、多くの鼻水を吸い出してきたのだろう。ガラスはくすみ、変色していた。

「お手本をお見せいたしましょう」

院長先生は鼻の下にガラス管の穴を押し当て、肩を上下させながら鼻息を出した。と同時に怯えるような、むせび泣くような音が鳴った。院長先生は微笑み、いかがです？　これで何の心配もありません、という表情を浮かべた。

父はどんな声をしていただろう。思い出そうとして案外上手くいかないことに不意をつかれ、私は路地の方に耳を澄ませた。そこから聞こえてきた足音と缶の音をよみがえらせようとしたが、風の音が邪魔をするばかりだった。

私はのど飴の缶の蓋を閉じ、耳元に近づけた。カルテットがぶつかり合って壊れないよう、用心しつつ振ってみた。小さな音が鳴った。四つそれぞれの響きが重なり合い、助け合い、溶け合って、調和を醸し出していた。長い迷路を通り抜け、ようやく目指す地点までたどり着いて安堵するかのような音だった。そうだ、父の声はこんなふうだった。出張用の鞄から漏れ伝わってくる、父が父である証拠の音だ。

そう思った次の瞬間、肘が骨壺に当たり、中の骨があたり一面に散らばった。

「あっ、いけない」

思わず叫んだあと、慌てて私は口を押えた。父の声に答えてはいけない。私は鼻笛に手をのばした。院長先生がやっていたのを思い出しながら、ガラスに鼻の穴を押し当て、一生懸命息を吹き込んだ。ガラスの内側は、院長の鼻息か、吸引された鼻水の名残のせいか、うっすら湿っていた。

皿の上にはこぼれ落ちた骨のいくつかが、クッキーのように並んでいた。鼻笛を手にしたまま私は、クッキーを食べていた院長先生の、二股の舌を思い出していた。

耳たぶに触れる

その男を見かけたのは、収穫祭の会場だった。金、土、日と三日間続いた最終日で、天気は申し分なく、大勢の人々で賑わっていた。

旧青年の家が取り壊されたあとの空き地に、紅白のリボンで飾り付けた入場門が設営され、そこをくぐると、農作物や軽食を販売するテントが会場を取り囲んでいた。その向こうの野原は、柵の中に兎、モルモット、ポニー、アルパカ、ヤギ、陸亀などが放たれた動物ふれあい広場になっていた。こわごわ餌をやったり、撫でたりして遊ぶ子どもたちの姿が見えた。彼らの歓声の合間に、迷惑そうなヤギの鳴き声が混じっていた。

一番人気の移動式簡易メリーゴーラウンドは、行列の途切れる間がなく、三日間、回転し続けていた。心なしか音楽の録音テープがくたびれ、間延びしているようだった。トランポリンがあり、占い小屋があり、輪投げコーナーがあり、砂場があった。ジャグリングをしたり、楽器を演奏したり、手品を披露している人もいた。頭上には万国旗がはためき、梢の間には、子どもたちが手を放してしまった風船が引っかかっていた。木々の間を飛び回る野鳥のさえずりが、絶えず聞こえていた。

会場の中央では、次から次へとイベントが行われていた。豚の品評会、飼い犬の「待て」我慢比べ、人形劇、トラクター試乗会、サンダル飛ばし競争、ものまね歌合戦、着ぐるみショー、美人猫コンテスト……。

男が出場していたのは、〝早泣き競争〟という、明らかにプログラムの隙間を埋めるためだけに編み出されたと思われる、何の面白みもなさそうなイベントだった。ルールは単純で、ステージに並んだ出場者たちのうち、誰が一番に涙を流せるか。ただそれだけのことだった。

「涙ぐむだけではいけませんよ」

場を盛り上げようと、マイクを持った司会者が、甲高い声で説明していた。

「たとえ一粒でも、涙がこぼれ落ちなければ、泣いた、とは認められません」

見物人は少なかった。ただ何となくそこに居合わせているだけ、といった様子の人ばかりだった。

「道具を使うのは禁止です。こっそり目薬をさすとか、目に砂を入れるとか」

十人ほどの出場者が立っている、その真ん中あたりに男の姿があった。

「もちろん、心の中では、いくらでも悲しいことを思い浮かべてくれて構いません。皆さん誰にでもおありでしょう。泣かずにはいられないくらいに、悲しい思い出が」

司会者のマイクから、悲しい、という言葉が朗らかに響き渡った。

なぜその男に目が留まったのか、最初のうちは自分でもよく分からなかった。確かに、他の皆が休日に相応しい気楽な格好をしているなか、スーツにネクタイを締め、トランクを提げているその姿は、少し場違いに見えた。しかし、司会者の声を聞いているうち、格好だけが理由ではないと気づいた。やる気のなさそうな出場者の間に、半ば隠れるようにして半歩ほど後ろへ下がり、猫背でうつむき加減にしている彼だけが、真剣にルールの説明に耳を傾けていたのだ。

あの人は本気で泣こうとしている。僕は確信した。

「心の準備はよろしいでしょうか？　審査員は私が務めさせていただきます。一人、一人、お顔をじっくり拝見して、判定をいたします。見物人の皆様、できるだけ出場者が悲しみに集中できるよう、少々、お静かにお願いいたします。それでは、用意、スタート」

高らかにスタートが宣言されても、ステージ上に大した変化は見られなかった。誰もがどこに視線をやればいいのかはっきり決められず、もじもじしているばかりだった。司会者に言われたとおり、見物人たちは黙って成り行きを見守っていた。僕はできるだけステージに近づくため、大人たちの隙間をくぐり抜けて前に出ると、男に向かってインスタントカメラを構えた。

盛り上がりに欠ける雰囲気をごまかそうと、司会者はステージ上を左右に行き来しながら「さあ、どうでしょう」「気持ちを集中させて下さい」「一等の方には、素晴らしい賞品が用意されています。乞うご期待」と、始終喋っていた。そのために出場者たちは余計気が散って、困惑した表情を見せていた。

ただ一人、その男だけが違った。僕はインスタントカメラを両手で支え、シャッターボタンに人差し指をのせ、ファインダーから彼を覗いた。男はずっと変わらず、重そうなトランクの取手を握り締め、靴先の一点をひたすら見つめていた。まるでそこにすべての悲しみの思い出が埋まっている、とでもいうかのようだった。猫背の輪郭、ポマードで撫でつけられた髪、目元に落ちる睫毛の影。レンズに映る何もかもが、涙を求めていた。

「そろそろ、どうでしょうか？」

司会者は無遠慮に出場者たちに近づき、下から覗き込んだり、背後から顔を寄せたりした。

「こちらの方、いい感じですね。あら、そのお隣はまだまだ」

相変わらずメリーゴーラウンドは間延びした音楽とともに回り続けていた。動物の鳴き声と、テントから流れてくる食べ物のにおいと、楽器の音色が混じり合いながらあたりを包んでいた。〝早泣き競争〟の一角だけが、独自の空気を漂わせていた。

「我こそは、今泣いている、という方、挙手でお知らせ下さい。涙がこぼれ落ちる瞬間を見逃しては、大変ですから」

その時、列の右端に立つ、痩せた老女が元気よく手を挙げた。

「あっ、今、自己申告がございました」

司会者は慌てて老女に近寄った。

「ああ、残念。まだ落涙にまでは至っておりません。頬は乾いたまま。もう一息でしょうか」

しばらく、じりじりとした時が過ぎた。老女の涙は引っ込んでしまったのか、新たな動きは見られなかった。シャッターにのせた人差し指は汗ばみ、痺れたようになっていた。

その時、どこから、どんな合図が発せられたのだろう。一段と大きなさえずりが響き合い、野鳥たちが一斉に梢を揺らして飛び立っていった。

「はい」

申し訳なさそうに、恐る恐る、男が手を挙げた。僕は急いでシャッターを押した。

足元で木漏れ日が揺れていた。


「いいカメラだね」

話しかけてきたのは男の方だった。黙って写真を撮ったことに文句を言われるのかと、最初僕は身構えた。

「写真が好きなのかい？」

しかし彼の口調が穏やかだったので、気づくと、素直にうなずいていた。

「安いインスタントカメラです」

僕は首からストラップを外し、カメラを両膝の上に置いた。

「誕生日に、両親に買ってもらいました」

男と僕は砂場の縁に並んで腰かけていた。収穫祭も終わりが近づいてきたのか、少しずつ人の姿は減り、砂場で遊んでいる子はいなかった。それでもまだメリーゴーラウンドは回転していたし、動物たちと戯れる子どもの歓声は途切れず聞こえていた。

男の隣にはトランクがあった。近くで見るとそれは思ったよりずっと大きくて立派だった。所々革が擦り切れ、留め金は錆びつき、取手は変色していたが、そういう使い込んだ雰囲気が余計それに魅力的な存在感を与えていた。だから尚更、トランクにもたれかかるように置かれた一等賞の賞品が、場違いに見えた。それはビニール袋一杯に詰まった、赤ん坊の頭くらいある蕪だった。ビニール袋からはみ出した葉が、既にぐったり萎れかけていた。

「〝早泣き競争〟の優勝、おめでとうございます」

僕は言った。

「いやあ、まあ、どうも」

手持無沙汰を紛らわすように、男はそのあたりに転がっていたスコップを拾い、砂場を掘りはじめた。改めてよく観察してみれば、父親と祖父の間くらいの年齢で、髪は半分白く、これと言って特徴のない平凡な顔立ちをしていた。ただし、耳だけは別だった。それはくっきりとした大きな輪郭を描いていた。思わず写真に撮ってみたくなるような、柔らかくて分厚い耳たぶを持っていた。

「圧倒的な一番でした」

頬も睫毛も、すっかり乾いていた。涙の気配はどこかへ消え去っていた。涙の瞬間飛び立っていった野鳥たちが舞い戻ってきたのか、木々の間からまた彼らの姿が見え隠れしていた。

「もしよかったら」

砂を掘りながら男は言った。

「君の撮った写真を見せてもらえないかな」

「はい」

少し恥ずかしかったが、僕はその日、収穫祭で撮った写真を一枚ずつ男に見せた。

「別に、大した写真じゃないんです」

全くその通りだった。風になびく破れたテントの切れ端。踏みつけられて潰れた柿。

占い小屋の壁を這う蜘蛛。メリーゴーラウンドのスタートボタンを押す皺だらけの手。アカマツの枝から垂れ下がる誰かのカーディガン。

「なかなか面白いよ」

男はスコップを置き、手の砂を払って丁寧に眺めた。

「そしてこれが……」

最後の一枚は、〝早泣き競争〟で男がまさに涙を流した瞬間の写真だった。一粒、一粒、涙にピントが合っていた。それは紛れもなく彼が優勝者だという証拠だった。瞳からこぼれ落ちた幾粒もの涙が、あるものは頬を伝い、あるものは唇を濡らし、あるものは落下する途中にあった。背後には飛び去る野鳥たちがぼんやり写っていた。

「どんな悲しいことを思い出したんですか？」

そう口にして、すぐに僕は後悔した。男は「うーん」と口ごもったきり、何も答えず、再びスコップを手に取り、穴を掘りはじめた。

砂場の隣にある動物ふれあい広場は混沌としていた。地面には動物たちが食べ残したキャベツの切れ端やニンジンの欠片や牧草が散乱し、糞が転がり、水の入ったバケツはひっくり返っていた。子どもたちの興奮は頂点に達し、歓声と悲鳴の区別がつかなくなっていた。誰もが動物に触りたがった。兎の両耳を引っ張って持ち上げ、モルモットを胸の中で丸め、ポニーとアルパカにはどうにかしてまたがろうとした。ヤギは髭をつかまれ、角を握られ、陸亀はひっくり返ったまま頭を引っ込めていた。そんな中でもただ野鳥だけが、自分たちの声を思いのまま空に響かせていた。彼らを邪魔するものは何もなかった。

「なく、も、なく、も同じ発音なのはどうしてだろうね」

意味が分からず、僕は首を傾げた。

「動物が鳴く、と、人間が泣く」

穴はどんどん深くなっていたが、男は構わずスコップを動かし続けた。砂場の一番底までいってしまったら、どうなるのだろう、と僕は思った。

「野鳥は悲しくて鳴いたりしない。涙だってこぼさない」

男は一度手を休め、木々の上に視線を送った。長い尾羽を震わせて、頭の白い野鳥が一羽、「カカッ、カカッ」と鋭く短い鳴き声を上げ、それと重ね合わせるように、茂みの奥から「ツーピー、ツーピー」という高く澄んださえずりが聞こえてきた。

「悲しくないって、どうして分かるんですか?」

僕は言った。

「もしかしたら、寂しくて鳴いているのかもしれません」

「うん、そうか……」

男はうなずき、続けてつぶやくように言った。

「空はあまりにも広いからなあ」

二人は同時に空を見上げた。どこからともなく、夕方の気配が近づきつつあった。

「人間が涙を流す代わりに、鳥たちは声を出すんでしょうか」

「お利口だな、君は。だから涙も、さえずりと同じくらいきれい、というわけだ」

その時、また一段とたくさんのさえずりが交差し、混じり合って、小枝を揺らした。

僕は男が涙をこぼした瞬間を思い出した。

「こんなに美しい声で鳴くものを、一度でいいから撫でてみたいなあ」

動物ふれあい広場を見やりながら、男はつぶやいた。僕のすぐ目の前に耳たぶがあった。

「でも、野鳥にはさわれない」

残念でたまらない、という口調だった。

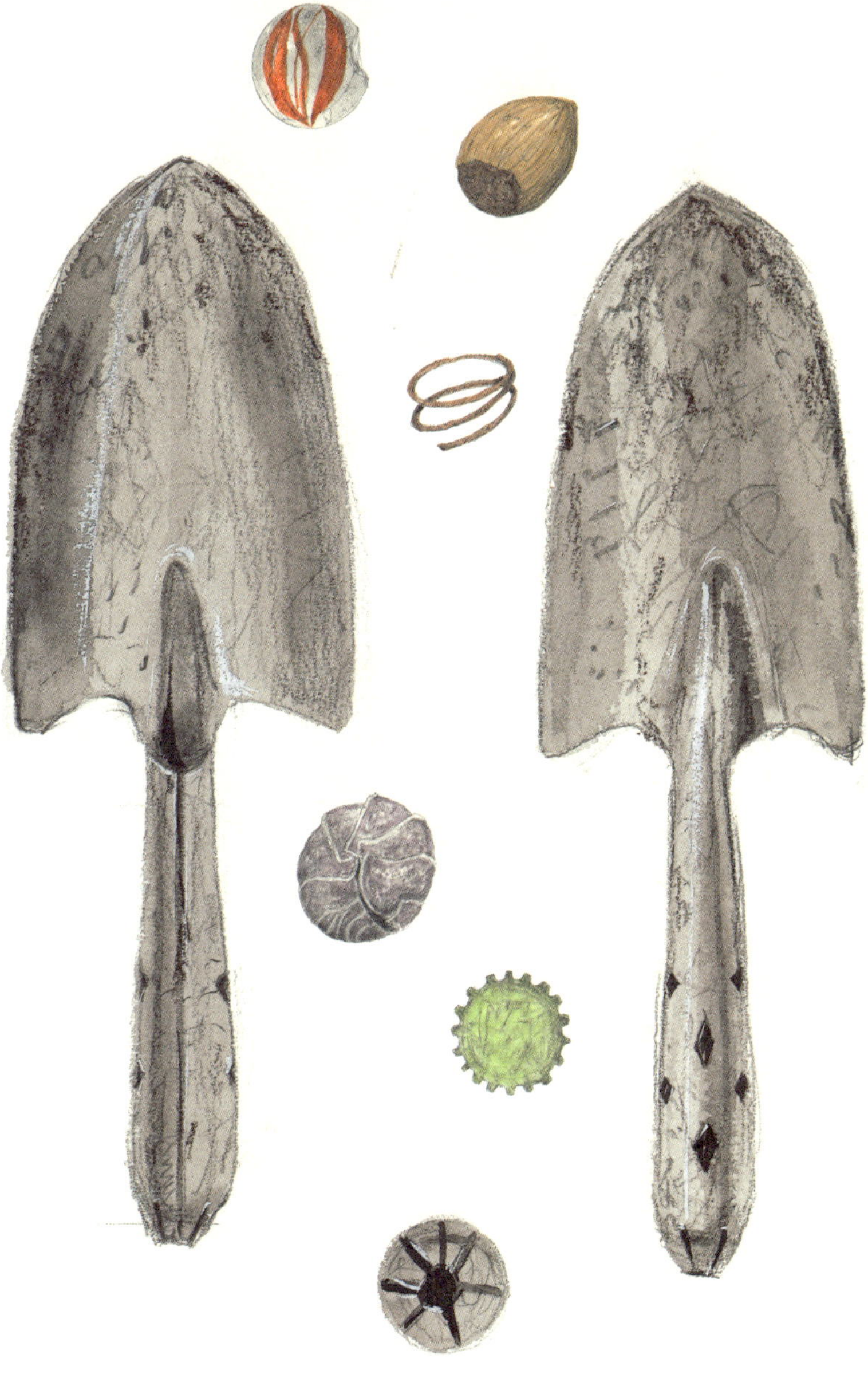

「あっ」

男はスコップで掬い上げた砂の中から、何かを摘まみ出した。掌の窪みに、黒くて丸いものが載っていた。

「ダンゴムシの死骸だ」

かなり長い間砂の中に埋まっていたらしく、表面は干からびていた。それでも一つ一つ形の違う節を上手くつなぎ合わせ、触角も脚も隠して完全な丸の形を保っていた。

男はトランクに手をのばし、パチンと音を立てて留め金を外した。思わず僕は身を乗り出した。最初にそれを目にした時からずっと、何が入っているのか気になっていたからだ。

中は整頓が行き届いていた。升目状に区切られた木枠の中にびっしり、小さな機械のようなものが納まっていた。どれも茄子や木の実やボタンを連想させる微妙な曲線を持ち、更に透明な管やフックが付いていた。多くは薄茶色だったが、もっと派手な色合いのものもあった。

「補聴器だよ」

こちらが尋ねる前に、男は言った。やっぱり耳に関係の深い人だったのだと思い、僕は少し興奮した。

「私は各地を回って、補聴器を売っているんだ」

初めて目にする不思議な装置に心を奪われている間に、男は木枠を持ち上げ、トランクの底から古びたクッキーの缶を取り出すと、ダンゴムシの死骸をその中にころんと仕舞った。

「えっ、どうしてそんなものを？　ダンゴムシと補聴器は何か関係があるんですか？」

思わず僕は尋ねた。補聴器の几帳面さとは裏腹に、缶の中にはよく訳の分からないガラクタ、ビー玉や木の実やビールの王冠やコイルの切れ端が無造作に詰め込まれていた。その中をダンゴムシは転がってゆき、居心地のいい隙間にすっぽりとはまり込んだ。

「いや、別に関係はないよ。ただ、物を売り歩くという仕事は移動、移動の連続でね、時々、くたびれてしまうんだ」

男はため息をついた。鳥たちのさえずりがおさまるのと入れ替わりに、再びあらゆるざわめきが押し寄せてきた。動物ふれあい広場の向こうを、縦笛を吹きながら歩いている人の姿があった。輪投げコーナーの担当者は懸命に呼び込みをしていた。中央のステージではいよいよ最後のイベント、〝栗の渋皮早剝き競争〟がはじまるところだった。

「だからかなあ、立ち寄った先々でふと心に留まるものがあると、こうして拾って大事に缶にしまっている」

「ダンゴムシのどこが大事なんですか？　しかも死んでる」

僕の頭の中は質問で一杯だった。

「まあ、それは、いろいろと難しいねえ。君だって、どうしてこの瞬間を写真に撮ろうと思ったのか聞かれても、上手く説明できないんじゃないかい？」

ああ、そのとおりだ、と思い僕はうなずいた。

「一匹のダンゴムシが地面を歩いていたら、突然ダンプカーから大量の砂が流れ落ちてきて、急いで丸まったけど、自分でも気づかないくらいあっという間に死んでしまった。窒息死なのか、あるいはショック死か。誰にも看取られず、悲しんでくれる人もいなかった。それを偶然、私が手にした、というわけだ。せめて、息苦しい砂の下から掘り出して、一匹のダンゴムシの死を見届けてあげるくらいのことなら、私にもできる」

　男はもう一度缶からダンゴムシを摘まみ上げ、僕の目の前にかざした。かつてこれが生きていたとは信じられないくらいに小さく、か弱く、静かだった。男の指の間に、恥ずかしそうに隠れていた。

「そうすれば、私がこの場所に確かにやって来た、という証拠を残すことになる。死んだダンゴムシの丸まっていた空洞が、私の足跡の代わり、というわけさ」

　ダンゴムシの空洞を、あるいは自分の足跡を弔うように、男は砂場の穴を埋め戻した。表面が平らになるよう、スコップの背で優しくならした。

「缶々にあるもの、全部そうですか？」

　僕は男の手つきと耳たぶを交互に見やりながら言った。

「そう。こんなふうに、忘れられたものたちと一緒に補聴器を売り歩いている。今晩も夜行列車に乗って、次の町へ移動だ」

　男は缶を持ち上げ、そっと振ってみせた。思ったよりずっと柔らかい音がした。どことなく野鳥のさえずりに似ている気がした。無音であるはずのものたちが、音を聴くための補聴器を売る男の手の中で、自然な音色を奏でていた。


「一曲いかがです?」

突然背後から声を掛けられ、驚いて僕たちは同時に振り返った。シルクハットをかぶり、蝶ネクタイを着け、画板を首からぶら下げた縦笛演奏家が立っていた。

「収穫祭もそろそろ終了です。お二人が最後のお客様ですから、特別にお安くしておきましょう」

縦笛演奏家はよどみなく喋った。

「お客様の雰囲気にぴったりの曲をこの場で作曲しまして、演奏いたします。楽譜はお持ち帰りいただけます」

男は缶を手にし、僕はインスタントカメラを抱え、互いに顔を見合わせた。

その日一日の売り上げが入っているのか、ベルトには巾着袋がぶら下がり、画板には五線紙の束が挟んであった。縦笛は学校で使っているのと同じ、ごくありふれた種類のものだった。シルクハットが大きすぎるせいで、表情はうかがえなかったが、口振りはあくまでも愛想がよかった。小柄な青年のようにも見えたし、体がしぼんでしまった老人のようでもあった。

「よろしい」

迷っている僕たちをもう一押しするように、縦笛演奏家は力を込めて言った。

「本当はお一人に一曲ずつですが、お二人ご一緒で一曲作らせていただきましょう。それで、お値段は半額。お得ですよ。ほらご覧なさい、お二人の影がくっつき合って、一つになっているじゃありませんか」

確かに僕たちの影が砂場にのび、一続きの輪郭を描いていた。男の掘った穴のところだけ、少し砂の色が違っていた。

「おや……」

その時、縦笛演奏家が僕の膝に載った写真に目を留めた。〝早泣き競争〟の写真だった。

「ちょっと、よろしいですか?」

僕が返事をする間もなく、縦笛演奏家はその一枚を手に取り、隅から隅までじっくりと眺め、それから男と僕を交互に見つめた。

「これは君が撮ったのかな？」

僕は黙ってうなずいた。

「ほほっう……」

縦笛演奏家は写真を画板に置き、宙に視線を泳がせ、目を閉じ、笛の穴に置いた指を小刻みに動かしはじめた。作曲を頼んだ覚えはなかったが、既に作業に取り掛かっている様子だった。

僕たちはただ黙って成り行きに任せるより他なかった。トランクに並ぶ補聴器も、クッキーの缶の中身も、インスタントカメラも、一体何を待っているのか分からないままに、息をひそめていた。ついさっき仲間に加わったばかりのダンゴムシは、缶の隙間にすっかりなじみ、安心しきった様子で大人しく丸まっていた。

「さあ、これをご覧になって下さい」

縦笛演奏家はシルクハットのつばを持ち上げ、目を見開き、口元に笑みを浮かべながら、芝居じみた手つきで写真の上に五線紙を重ねると、光に向かってかざした。五線紙に微かに写真が透けて見えていた。

「いかがです?」

そう言うと縦笛演奏家は、五線紙に写るとおり、男のこぼれる涙を一粒一粒鉛筆で塗りつぶしてゆき、音符にしていった。それが一小節だった。二小節は梢から飛び立つ野鳥たちが音符になった。三小節の音符は、今にも消え入りそうな木漏れ日だった。

三小節だけのその小さな曲を、縦笛演奏家が繰り返し吹き鳴らした。穴を押さえる指は滑らかに動き、息が吹き込まれるたび蝶ネクタイが上下した。いつの間にかメリーゴーラウンドは停止し、ステージから人の姿は消え、動物ふれあい広場では動物たちがのんびりと安らぎを取り戻していた。

使い込まれた縦笛は口の部分が黒ずみ、本体は手の脂が染みついてテカテカしていたが、音色は透き通り、風に乗ってどこまでも軽やかに運ばれていった。写真を透かして写し取った音符だからかもしれない、と僕は思った。かつて耳にしたどんな音楽とも違っていた。メロディーにもリズムにもとらわれず、長調や短調の区別からも解放され、自由に宙を漂っていた。涙と、鳥と、光の奏でる音楽だった。補聴器の一個一個、缶の中身の一つ一つ、そして男の耳たぶ。すべてがその音楽に耳を傾けていた。縦笛の音に応答するように、野鳥たちがさえずりはじめた。彼らが尾羽を振るように、演奏家は縦笛を上下させた。二種類の音楽はどこにも境目がなく、僕たちの影と同じく一つになっていた。

「これは、クッキーの缶にふさわしいものです」

僕は楽譜を男に差し出した。

「いや、写真から作曲されたのだから、君のものだよ」

メモ用紙一枚くらいの小さな五線紙を、縦笛演奏家はくるくると丸め、赤いリボンで結んでくれていた。たったそれだけのことで、五線紙は暗号を記した秘密の文書のように見えた。結局演奏家は、僕たちの曲を吹きながら砂場の周りを何周か歩いたあと、お金は受け取らずに去っていった。

「それじゃあ、僕からの〝早泣き競争〟一等の賞品、ということにして下さい」

僕は缶の中、ダンゴムシの隣にそれを置いた。ダンゴムシの黒色とリボンの赤色が上手くマッチしていた。こんな小さな紙きれだって、蕪よりはましだろうと思えた。

相変わらず蕪の入ったビニール袋は膨れ上がり、ますます葉は萎れ、縮んでいた。今夜、夜行列車に乗って次の町へ行く男が、生で齧ることもできず、ただ重たいばかりのこの蕪をどうするのか、少し心配だった。

「いいのかい？」

僕はうなずいた。

「はい。僕には写真があります。これと楽譜は同じものです。写真があれば、二人の音楽を思い出すことができます」

「ありがとう」

まるでそれが立派な賞品であるかのように、男は楽譜の入った缶を捧げ持った。

そろそろ収穫祭は後片付けがはじまろうとしていた。縦笛演奏家が去っていった先は夕暮れに包まれていた。テントのいくつかは解体され、ステージはベニヤ板がむき出しになり、入場門をくぐって動物運搬車が数台、近づいてくるのが見えた。ついさっき、縦笛とともにあれほどさえずっていた野鳥たちは、もうねぐらへ帰ってしまったらしく、どんなに耳を澄ましても、梢はしんとしたままだった。けれど、涙と鳥と光の音楽の響きはまだ、耳のどこかに残っていた。トランクの中の補聴器を一つ貸してもらえたら、楽譜の音がよみがえるのではないだろうか、という気がした。

「一つ、お願いがあります」

どこにそんな勇気があったのか、自分でも説明がつかないうちに、気づいた時にはそう口走っていた。

「その立派な耳たぶに、触れてもいいでしょうか」

男はさほど驚きもせず、迷惑そうにもせず、あらかじめ交わしていた約束を果たすようなさり気なさで、横顔をこちらに近づけた。

「本当は写真を撮りたいのですが、フィルムがもうなくなってしまったので……」

すぐ目の前に男の耳があった。誰かのために音を届け、クッキーの缶の中に自分の足跡を仕舞っている人の耳たぶだった。今日一日、僕と一緒に同じ音を聴き続けた耳たぶだった。シャッターを押すように、僕は目の前にあるそれに、そっと触れた。人差し指の先がすっぽりと納まるくらいの大きさがあった。思い描いていたよりずっと温かく、厚みがあり、それでいて余計な力を込めると潰れてしまいそうなはかなさをはらんでいた。

美しい声で鳴く野鳥は、こんな感触をしているのかもしれない。僕は思った。

今日は小鳥の日

今日は小鳥の日です。毎年この日に、〝小鳥ブローチの会〟の集いを開いております。集いと言いましても、特別なことをするわけではございません。会長挨拶、祝電披露、活動発表、会計報告、そんな堅苦しいものとは無縁です。レストランの二階大広間で一緒に食事を楽しむ。ただそれだけの会でございます。

発足当時は、ほんの数人の集まりでした。レストランの一番小さなテーブルで事足りるくらいのささやかさでした。それが今ではどうです。この盛況ぶり。大広間が会員で埋まって、奥の方は霞んで見えないくらいではありませんか。

微力ながら私は二代目会長を務めさせていただいております。先代は立派なお方でした。世界中に散らばっている小鳥ブローチを愛する人々に呼びかけ、会を立ち上げたのです。入会を希望してやって来る方、お一人お一人の事情に辛抱強く耳を傾ける。あるいは、外出が容易でない方の元へ自ら足を運び、親身になって寄り添い続ける。そういう地道な努力を重ね、少しずつ会を充実させていきました。今、我々がこのように皆で小鳥の日を一緒に迎えることができますのも、すべて初代会長のおかげです。いくら感謝してもしきれません。

私も発足初期からの会員の一人です。会長が私の元を訪ねてきて下さったのは、両親の年金を頼りに、実家の物置小屋に籠って制作に専念している頃でした。小屋に入るなり会長は、私の作品に賛嘆の声を上げ、肩を抱き、あとはただもう無言でうなずいておられました。言葉でやり取りなどしなくても、その瞬間、二人の間には私たちだけの小鳥が飛び交っておりました。

さて、私がブローチに使う材料は粘土で、それを成形し、竹串で模様を描き、着色して家庭用の陶器窯で焼くというありふれたやり方なのですが、どうしても譲れないこだわりが一つあります。縮尺です。実物のサイズの正確な三分の一でなければいけません。体長はもちろん、翼、脚、目、爪、嘴、とにかくあらゆる部分です。例外は認められません。

作業はまず小鳥の死骸を手に入れるところからはじまります。夜明け前、誰にも見つからないよう小屋を抜け出し、森林公園に忍び込んで、死骸を探します。毎日、隈なく歩き回ったとしても、そう簡単に野鳥の死骸が見つかるわけではありません。一年に二羽か三羽、そんなところでしょうか。ですから当然、作品数も限られてきます。しかし、先ほど申しました通り、数の多さは求めていませんので、その程度でよいのです。むしろ一羽一羽に思う存分時間をかけ、より正確な縮尺を追求できるのですから、幸運だと思っております。

落ち葉にくるまり、平和な夢を見るように息絶えているシジュウカラもいれば、猛禽に襲われ、羽根をむしり取られて血まみれになったスズメもいます。親に巣から突き落とされ、嘴から舌先をのぞかせているヤマガラ。ネズミか何かに腹を食われ、眼窩からミミズがはい出しているモズ。池の縁に横たわり、水草に全身をぐるぐる巻きにされたヒヨドリ。小鳥たちの死に方もさまざまです。

どんなに損壊が激しかろうと、腐臭がしていようと、選り好みはいたしません。皆を平等に持ち帰り、きれいに形を整え、専用の物差しで必要な各部位の長さ、直径、角度を測定します。その測定値に従って、あらゆる作業がコントロールされます。

あっ、言い忘れておりました。もう一つ付け加えておきたい点がございました。嘴と爪は本物を用います。

腐敗が進み、体の大半がドロドロに溶け、羽根がもつれた糸くずのようになっても尚、嘴と爪だけは本来の姿を失いません。それをどうして見捨てることなどできるでしょうか。その二つの部位が残り続けるのには、きっと何か深い意味があるはずです。人間には思いも及ばない、小鳥だけが上空の神様から耳打ちされた大事な秘密が。

当然、それらも三分の一の大きさになるよう、やすりで削ります。元の形はそのままに、縮小させる。ほんのわずか力の加減を誤っただけで、ひびが入ったり割れたりする。決して取り返しのつかない、最も神経を遣う作業です。

いよいよ最後、嘴と爪を接着剤で取り付ければ完成です。その二つが本来あるべき場所におさまった瞬間の、指先の感触が今でもよみがえってきます。掌の窪みに極小の温もりが宿る、あの一瞬……。何度繰り返しても、生き返ったのではないか、という錯覚に溺れてしまいます。

たとえ本物の翼は失くしても、嘴と爪さえあれば、天国の門番に歌をうたってあげることができます。足をそろえ、門の境をぴょんぴょん跳び越えることもできます。心配はいりません。

なぜ三分の一なのか。そうお尋ねになりたいのですね。お顔を見れば分かります。これまで幾度となく同じ質問を受けてきました。答えは簡単です。小鳥の天国の門が、生前の三分の一の大きさになっているからです。

私の小鳥ブローチをご覧になりたい？　ああ、作品にご興味を持っていただけて、うれしく存じます。お見せすることができたらどんなによかったでしょう。物置小屋の壁一面を、小鳥ブローチがびっしり埋め尽くしていたあの様を。メジロ、オナガ、ムクドリ、ツグミ、ヒワ……。一羽一羽を弔った指先の感覚が、いっそう悲しみを深くします。彼らは今にも飛び立ちそうな生き生きとした瞳で、遠くを見つめています。単に大きさが三分の一になったのではありません。魂が濃縮されたのです。嘴と爪は、神秘の象徴です。爪は枝をつかみ、嘴は美しいさえずりを発します。彼らに囲まれて眠る平穏。新しい死骸を迎え入れる高揚。まさに無上の喜びでした。あなたを物置小屋に招待し、お好きなだけ時間をかけ、お気に入りの一羽を選んでいただく。私はその一羽が、どこでどのような死に方をしていたか、ブローチにする際どんな苦心をしたか、やすりからこぼれ落ちる嘴と爪の粉がどれほど優しく舞い上がったか、お話しして差し上げる。あなたはその一個のブローチを、そっと胸に留める。そんなひとときを想像するだけで、心が震えるようでございます。

残念ながら私の小鳥ブローチは一つも残っておりません。両親が死んだあと、親切そうな振りをした、よく知らない人々がやって来て、私の物置小屋を取り壊してしまいました。ショベルカーでバリバリと破壊され、ブルドーザーで押し潰され、ダンプカーの荷台に積まれ、どこか遠くへ運ばれてゆきました。たった一つのブローチさえ救い出す暇もありませんでした。

叶わない願いではありますが、もし、今一つだけ取り戻せるとしたら、どうしてももう一度手にしたい作品があります。初代会長の飼っていたジュウシマツを、三分の一にしたブローチです。

会長ほど純粋に小鳥ブローチに愛を注いだ方を、他に知りません。制作の腕も一流でした。材料は木です。小鳥に最もふさわしく馴染みのある素材は木だから、とおっしゃっていました。木立の中に転がっている何の変哲もない木片を拾い、それを彫刻刀で削って小鳥の形にしてゆくのです。

私も含め、凡人はできるだけ生きているように思わせる小鳥を作ろうとするものですが、会長は違います。全く逆です。この小鳥は死んでしまった、もう二度と空を飛び回ることも歌をうたうこともできない、と容赦なく伝わってくる空気をまとってい るのです。会長のブローチを留めるといつも、小さな死を一つ、自分の胸で休ませて いる気持になったものです。

誰にも看取られず、ひっそりと姿を消し、微生物に分解され、土に還っていった小鳥たちの死を、会長は形あるものとしてこの世に刻み付けていたのかもしれません。私が死骸を探し、そこから生の名残りを引き出そうとしたのとは異なり、死を何度でも繰り返し確認するためのブローチだった、とでも言えばよいでしょうか。

小鳥たちにとっても会長のブローチは大切な意味を持っておりました。その証拠に会長がスーツの襟にブローチを留めて外出すると、いつの間にかたくさんの小鳥たちが寄って来て、頭上を飛び交っていたそうです。わたしが死んだ時にもぜひブローチを作って下さいね、とお願いしに集まっていたのかもしれません。

これは、ここだけの内緒の話にしておいていただきたいのですが、会長は小鳥の法事に招かれたことがあったのです。ええ、もちろん滅多に招待されるものではございません。特別なはからいです。小鳥の法事だからと言っても、取り立てて変わったところはなかったよ、とおっしゃっていましたが、詳しく教えては下さいませんでした。

そういう約束になっていたのでしょう。お供えの生米が数粒入った紙包みを、見せてもらっただけです。

一度、会長の工房へお邪魔し、制作の様子を見学させていただきました。森林公園に行く以外、物置小屋を出る機会は滅多にありませんでしたから、その日の記憶は鮮明に残っています。わざわざ会長が車で迎えに来て下さり、ぐずぐずと迷っている私の手を引いて、小屋から連れ出してくれました。私は覚悟を決め、天国の門をくぐる小鳥になった気持で、小屋の戸口をぴょんと跳び越えました。

会長はご自宅のガレージを作業場にされていましたが、同じ小鳥ブローチを作っていても、人によって雰囲気はずいぶん違うものだ、と知りました。まずにおいが違います。音も、作業服の汚れ方も、床に散らばるごみの様子も、すべてが新鮮でした。窓辺の台に、死の形を現わしてくれるのを待つ木片が、いくつか並べられていました。どの木片にも、ほんのり日が当たっていました。木目に沿って木を削る、彫刻刀の音がずっと聞こえていました。

小鳥ブローチにできる木片とそうでない木片を、会長はどうやって見分けていらっしゃるのだろう。尋ねてみたい気持にかられましたが、結局言葉にはできませんでした。窓越しの光に包まれる木片を見つめているうち、小鳥たちは自分の死を守るため、決められた木片の奥へ潜むのかもしれない、だとすれば、私が見つける死骸たちは自分の木片とはぐれてしまった子たちなのだ、と思えてきました。

会長は邸宅の応接間にも招き入れて下さいました。驚いたのは、玄関から廊下、階段、いたるところに鳥かごがあり、ジュウシマツが飼われていたことです。生きたジュウシマツです。彼らのさえずりがひとときも途切れることなく家中に響き渡っている。床は抜けた羽根と餌の殻に覆われ、ヒナを温めるヒーター音がうなりを上げ、糞と体臭の混じり合ったにおいが満ちている。しばらく圧倒されて立ちすくむほどでした。

応接間では美味しいお茶とケーキをいただきました。油断しているとすぐ、羽根の切れ端がカップに舞い降りてくるので、それを摘まみ出しながらお茶をすする、というちょっとしたコツが必要でした。死のブローチを作るためには、こうして生の証を補給する必要があるのだ。カップをのぞき込んだまま、会長はそう呟いていました。もしかすると会長は、羽根も殻も糞も、お茶と一緒に飲み込んでいたのかもしれません。

ほら、ご覧下さい。エレベーターの扉が開くたび、続々と皆様が下りていらっしゃいます。すべて、〝小鳥ブローチの会〟会員です。

昔は会長を中心に一つの丸テーブルを囲み、ひそひそ話でもするように顔を寄せ合い、小鳥ブローチについて語り合ったものです。一人が口を開けば、全員がそれに耳を傾ける、という具合でしたが、少しずつ会員が増え、気が付けばテーブルが大きくなり、二つになり、三つになり、やがて大広間を占拠するほどになったわけです。

食事の内容は初代会長の意向が引き継がれ、ごく質素なメニューと決められています。中身だけでなく、量が大切です。小鳥がついばむほどの量、これが暗黙のルールとされております。ローストビーフでもシーフードグラタンでもイクラでも水菓子でも、ほんのティースプーン一杯程度。パンはほとんどパン粉と見分けがつかない屑が数粒。ワインはドールハウス用のガラス食器に一杯だけ。言うまでもありませんが、もちろん、鳥料理はご法度です。

文句を言う会員などおられませんよ。皆さん、おめかしをして、小鳥の日の会食を楽しみにしていらっしゃいます。口をすぼめ、スプーンの先をほんの少し唇の間に差し込んで、お上手に召し上がられます。何と言っても小鳥ブローチを愛する人々なのですから。

失礼。初代会長のジュウシマツの話が途中になってしまいました。

会長が自殺なさったのは、私が入会して十年ほどが経った頃です。会員も増え、活動の基盤も整い、ようやく理想の形が実現したと思われた矢先の、不幸でした。

原因ははっきりとは分かりません。遺書がございませんでしたから。ただ、生涯独身で、小鳥ブローチに理解を示してくれる親しい身内もおらず、将来に不安を抱いていた中、少しずつ神経の働きが衰えてゆく難病を宣告されたことが大きかったのでは、と推察されます。なぜ私たち会員に頼って下さらなかったのか。会長として、会員一人一人が背負う重荷を理解していたからこそなのか。そう思うと、胸が潰れるようです。

ジュウシマツたちを残してゆくわけにはいかなかったのでしょう。会長は彼らを口に詰め込み、窒息死されました。通いの家政婦さんから連絡を受け、私が駆け付けました時、会長は応接間に横たわっておられました。

早く救急車を呼んで下さい、と家政婦さんに頼みながらも、既に手遅れだろうと、心のどこかでは悟っていました。小鳥のことで何かあったら、あなた様にご連絡するようにと、常々おっしゃっておられたものですから……。と、家政婦さんは震える声で弁解していました。そう、それは確かに、小鳥のこと、でした。

家中から運び込んだと思われる鳥かごが、壁のように会長をぐるりと取り囲んでいました。どの鳥かごも空っぽです。あれほどの勢いで家中を満たしていた歌は消え去り、あとにはただ、おなじみの羽根と殻と糞があたり一面に取り残されているだけです。私は足の裏でそれらの感触を味わいながら、会長の身に起こっている状況を分析しようと努めましたが、あらゆる感覚が空洞になってしまい、立っているのがやっとというありさまでした。ジュウシマツの歌が聞こえないだけで、会長と私をつなぐすべての音が蒸発してしまいました。

会長の顎は極限まで開き、喉は異様に膨らんでいます。唇からはぎゅうぎゅう詰めになったジュウシマツがはみ出しています。元々、すべてのジュウシマツを一人の人間が全部飲み込むなど、無理な話なのです。硬直したまぶたの下に半ば隠れた黒目は、焦点を定めきれず、ぼんやりしています。それでいて、表情に苦悶の気配はうかがえません。むしろ、取り残された迷子はいないかい？　と優しく語り掛けるような表情でした。

鳥かごを開け、一羽一羽摑み出し、喉に押し込めてゆく。異変を感じ、バタバタと逃げ惑う一羽もいたでしょう。あるいは、無邪気に手の中におさまり、小首をかしげ、一体何が起こるのです？　と尋ねるように、丸い瞳で会長を見上げた一羽もいたかもしれません。けれどゆっくりお別れをしている時間はありません。とにかく喉がふさがり、息が止まるまで、どんどん飲み込んでゆくのです。

最初の一羽は窮屈な思いをしながら、胸のあたりまで押しやられてゆきます。次々やってくる仲間たちによってスペースはどんどん狭まるばかりです。不意に暗い洞窟へ閉じ込められた彼らは、羽をばたつかせ、脚を突っ張り、嘴に触れるものすべてを滅茶苦茶につつきます。吹き出す血で濡れた羽は動きが鈍くなり、他のジュウシマツたちと絡まり合い、いくつもの塊になり、粘液を吸って膨れ、食道や気道を塞いでゆきます。涎と涙に濡れ、吐きそうになっても会長は手を止めません。

中には喉を通り過ぎてもまだ息がある、生命力の強いものもいたはずです。小鳥が持っている、自分はここにいますと示す方法は、歌しかありません。会長の体の奥深くから、ジュウシマツのさえずりが漏れ伝わってきます。それは肺の入り口で渦を巻き、血によって潤い、肋骨を伝って洞窟に響いてゆきます。そんな非常の状況であっても、さえずりの愛らしさは損なわれていません。音質は濁ってもいませんし、かすれてもいません。会長に最も近い場所なのですから、当然と言えば当然でしょう。彼の歌は必ずや会長の耳にも届いたはずです。こうして会長は、ジュウシマツと心中されました。

私はひざまずき、口から一羽ずつジュウシマツを引っ張り出してゆきました。小鳥の死骸の扱いには慣れています。彼らはどれもひどく傷んでいました。羽がぼろぼろなのは当然として、互いの嘴が腹に突き刺さっていたり、脚が折れていたり、眼球が転げ落ちていたり……。喉の奥へ手をやればやるほど、ジュウシマツ本来の姿は失われていました。大方の肉が消化され、頭蓋骨が露わになり、脳の半分以上が溶けてしまっているのも珍しくありません。

私は腕まくりをし、更に奥へと手を差し入れます。会長の顎が外れる音がします。

心の中で謝りながら、それでもなぜかその時は、一羽残らず取り出さなければ、という義務感にとらわれていました。今から考えれば、〝小鳥ブローチの会〟会長のご遺体の中に、小鳥が宿っていたとして、何の不都合もないとよく分かります。しかしあの時はやはり、少なからず動転していたのでしょう。

もうこれ以上は無理だ、というところまでやり切った時、息は切れ、腕は指先から肘までぬるぬるになっていました。横たわる会長の周囲を守るように、私はジュウシマツたちを慎重に並べてゆきました。もつれ合った羽をほどき、血を拭い、とろけそうな体を掌に包み、会長の死に付き添ってくれた一羽一羽に敬意を払いました。すべてを並べ終えた時、最初に取り出した、口からはみ出していた一羽が、まだ息があると気づきました。柔らかい腹が微かに上下しています。最後の最後まで歌をうたおうとしているのか、喉を震わせています。私はそれを両手で持ち上げました。温もりが伝わっています。背中の焦げ茶色も腹の白色も汚れておらず、淡い桃色の嘴と爪には十分生気が感じられます。

遠くから救急車のサイレンが聞こえてきました。ご遺体に余計な手出しをして、責められるかもしれない、とぼんやり思いましたが、私はただ、自分がしなければならないことをしただけです。〝小鳥ブローチの会〟に招き入れて下さったお礼の気持を表しただけです。ですから何も恐れる必要はなかったのです。

少しずつ掌のジュウシマツは動きが弱まってゆきました。脚を突っ張り、嘴を半開きにしたかと思うと、腹の上下運動が不規則になってきました。掌に感じる体温が遠のいてゆくのと反対に、サイレンの音は近づいてきます。応接間の扉の隙間から、玄関ホールで右往左往している家政婦さんの姿が見えます。いくら嘴を開こうとしても、もはやさえずりの欠片さえこぼれ落ちてくる気配はありません。黒い瞳から、どんどん光が消えてゆきます。一度、尾羽がぶるっと震えました。救急車が到着し、小鳥ブローチとは何の関わりもない人々が無遠慮に上がり込んでくるのと同時に、ジュウシマツは息を引き取りました。私は掌のジュウシマツを上着のポケットに忍ばせ、誰にも気づかれないよう、その場を立ち去りました。

最後まで会長の死に付き従ったジュウシマツを、三分の一の縮尺でブローチにすることはつまり、私にとって会長にお別れの気持を捧げるのと同じでした。物置小屋に戻り、服も着替えず、ぬるぬるした腕のまま、すぐ測定に入りました。かねて数々の死骸を拾い集めてきましたが、自分で死を看取った小鳥を扱うのは初めての経験でした。ジュウシマツの羽はまだ、会長の唾液で濡れていました。物差しの目盛りを読むため、何度も涙を拭わなければなりませんでした。

あれこそ、生涯最高の作品だったと、自信をもって言えます。長い小鳥ブローチ人生においても、あそこまで完璧な縮尺を表現できる機会は、滅多にあるものではありません。

あのジュウシマツのブローチはどこへ行ってしまったのでしょう。他のブローチたちと一緒に瓦礫に埋もれ、優しく泥を拭ってもらうことも、胸に抱き寄せてもらうこともないまま、見知らぬ人々に踏みつけにされているのでしょうか。できれば天国の門にたどり着き、そこをくぐって会長と再会してほしい、と願うばかりです。きっと会長は小鳥の門を通って天国へ行かれているはずですから。

一体世の中に、閉じ込められている人、閉じこもっている人が何人いるか、考えてみたことがございますか？　無理矢理幌付きトラックや家畜用貨車に押し込められ、柵に囲われた不毛の地に連行され、外へ出るのを禁じられた人々。罪を犯し、狭い牢獄で贖罪の日々を送る人々。世の中の誰にとっても当たり前のことが何一つできず、社会に出てゆく勇気が持てないまま、自らの内側に潜んで震えている人々。実は、そういう境遇にある方々の中に、小鳥と親愛の情を結ぶ人が少なからずおられるのです。どんな境界であろうと、小鳥は自由に越えてゆきます。小さな翼に勇気を隠し持っています。そのうえ、美しい声で心を清めてくれます。親愛の証を確かなものにしようとして、世界のあちらこちらで、小鳥ブローチは作られてきました。

会員の中には有名人もいらっしゃるんですよ。ほら、あそこ。壁際の手前から六つめのテーブルに着いている、痩せたご老人、J．C．。箱を使った独自のオブジェで有名な芸術家です。箱。まさに生まれながらに閉じられた世界を生きておられます。旅に出ることも、どんな名誉ある賞の授賞式に出席されることもなく、ご自宅の地下室をアトリエとし、作品を制作なさっています。しかし世に出ている作品とは別に、ただもうご自分の慰めのためだけに、小鳥ブローチを作っている事実は、おそらく知られていないでしょう。それを知っているのは我々会員だけです。

あの方のアトリエには秘密の引き出しがあって、そこには古い雑誌から切り抜かれた小鳥の写真がいくつもストックされています。ただ、彼らは皆、翼を切り取られています。飛べなくなった小鳥たちばかりです。制作に疲れると、あの方は木々の生い茂る裏庭の椅子に座って、小鳥たちの声に耳を澄ませ、落ち葉や枯れ枝の間に隠れている、抜けた羽根を拾い集めます。それがポケット一杯にたまったところで、例の引き出しを開け、翼のない小鳥たちに羽根を貼り付け、ブローチにするのです。

さまざまな種類の羽根が重なり合い、新たな翼を生み出し、えも言われぬ色彩を醸し出して、世界で一羽だけの小鳥が誕生します。それをあの方が身に着けますと、胸元で優美な舞が披露されているかのようで、誰もが見惚れます。しかし会員たちはあの方がどれほど内気か承知しておりますから、じろじろ眺めたりはいたしません。視界の片隅に映る舞の残像を楽しむだけで、十分に満足しております。引き出しには、宙を飛べる日を待つ翼のない小鳥たちが、まだたくさん眠っています。

窓際から二番めの列の一番奥、霞がかかってぼんやりしているかもしれませんが、面長の小柄な少年、K．H．がご覧になれますか？　十六年にわたり座敷牢に監禁され、完全に世界から隔離されていた、というお気の毒な生い立ちの方で、街の広場を一人さ迷っているところを発見された時には、言葉が喋れないばかりか、常識的な人間社会の生活ができない状態でした。少年に何があったのか、なぜ閉じ込められていたのか、そして彼は何ものなのか。お節介な人々がああでもない、こうでもないと騒ぎ立てるばかりで、いまだにすべてが謎のままです。

あらかじめ座敷牢に置かれていた木馬だけが少年の遊び道具だった、という話はよく聞きますが、究極の孤独を慰めるため、真に彼が求めたのは、鉄格子の隙間に止まる小鳥たちでした。言葉を習得しなかった代わりに、人並外れた五感を持っていた少年は、それが小鳥という名の生き物だという事実を知らずとも、その形状、動き、歌声をそっくりそのまま胸に刻み付けることができました。そして夜、小鳥たちが寝床に帰ったあとも、彼らと一緒にいられるよう、ブローチを作ったのです。

材料は紙ナプキンとパンの切れ端。まず、紙ナプキンを手でちぎり、小鳥の形にします。次にパンを粘りのある唾で濡らしてこね、糊にしてそれを貼り合わせます。たとえ何の道具を与えられずとも、強く願えば人は小鳥ブローチを作ることができる。その何よりの証拠でしょう。少年は今でも出されたパンを全部は食べません。糊のための分を残しておく癖が、まだ抜けないのです。

他にお話ししようと思えばいくらでもできます。ここにおられるお一人お一人に、独自の事情がございます。ある夜、一万羽の小鳥ブローチを作らなければ人類が滅びるという神様からのお告げを受け、ガラス職人の仕事を投げ打って制作に専念された方。生きては出られない収容所のバラックを石で削り、その破片を小鳥ブローチにし、看守に見つからないよう囚人服の内側に留めていた方。処女受胎できると信じ、卵を抱えた雌鳥ばかりを作り続けた方。閉鎖病棟のベッドの上で、フェルト製の小鳥ブローチを数々作りながら、これらはすべてわたしの指先から生えているものです、と主張し、誰かが持ち去ろうとすると、転げ回って痛みを訴えた方……。

小鳥ブローチは救いであり、祈りであり、慰めであり、勇気であり、未来であり、自分自身であり、その他何にでもなれるのです。

どうぞ、会場にお入りになって下さい。遠慮なさる必要などございません。補聴器とクッキーの缶が入ったそのお鞄は、クロークで大事にお預かりいたしますから、ご安心下さい。

あなたのような方が補聴器を売って下さるからこそ、私たちは耳に残るさえずりをよみがえらせることができます。私たちがこうして一堂に会することができますのは、誰にも見向きもされず、打ち捨てられ、土に埋もれた小鳥ブローチを、掘り起こして缶に仕舞うあなたがいて下さるおかげです。クッキーの缶が鳴る時、小鳥たちは地中深くに横たわっていた長い眠りから覚め、宙に解き放たれます。私たちは皆それぞれに、もう二度と戻ってはこないはずの自分の小鳥ブローチと再会しているのです。あなたは立派な会員のお一人です。

お席は最前列の、あちらにご用意させていただきました。お隣にお座りのご婦人は、砂漠の収容所から苦心して見つけ出した貝殻や木の実や小石を使い、素朴ながら実に工夫に富んだ、いじらしい小鳥ブローチを作っておられた方です。きっとお話が弾むでしょう。

さあ、お席にお着きになって下さい。もうすぐ、最初のお料理が運ばれてくる頃です。いよいよ集いがはじまります。

踊りましょうよ

サービス付き高齢者向け住宅〝ビレッジ・コクーン〟の人々は皆、住人も職員も、彼のことをセールスマンさん、と呼んだ。植木職人、クリーニング業者、電気工事士などあらゆる関係者が出入りし、また同じセールスマンでも、骨董品や鬘や宝石などさまざまな品物を売る人々がやって来たが、彼らは全員名字か、あるいは会社名で呼ばれた。

しかし、セールスマンさんは、セールスマンさんだった。誰が最初にそう言いだしたのかは、もはや分からず、本名さえあやふやになっていた。その一言には、そこはかとない尊敬の念が込められていた。お金儲けよりも大事な信念を持ち、どんなお客さんに対しても平等に接し、プロとしての一流の腕を誇示しない謙虚な紳士。そしてビレッジ・コクーンの住人と変わりないくらいの老人。それがセールスマンさんだった。

年季の入った黒革の鞄を提げた彼が姿を現すと、誰もが「あら、セールスマンさん、いらっしゃい」と言って笑顔を見せた。鞄の中身は、補聴器の見本だった。

彼はもう五十年近く補聴器を売り歩いてきた。本来なら引退している年齢だが、定年退職の年に妻が脳溢血で急死し、やり慣れた仕事を続けている方が気が紛れるのではないかと思い、嘱託の身分で会社に残っていた。ただ、新しい顧客を開拓する仕事からは身を引いて、もっぱら馴染みのお客さんのところを回ってメンテナンスに専念していた。

少しずつ背は縮み、後退した白髪はポマードをつけてもまとまらず、長年の外回りで顔は染みだらけだった。雨の日には股関節が痛み、年々鞄が重く感じられるようになっていた。しかし、パンフレットなどで誤魔化さず、お客さんたちのどんな要望にも応えられるよう、常にあらゆる種類の補聴器を持ち歩いていた。新人の頃、先輩から叩き込まれたセールスマンとしての基本中の基本を、守り続けていた。

ビレッジ・コクーンは緑豊かな広々とした敷地に、センスのいい低層の住居棟がいくつも点在し、その他、診療所はもちろん、プール、図書室、遊戯室、美容院、シアター、温室、鍼灸院、雑貨店と何でもそろっていた。名前のとおり、村そのものだった。入居者の数が多いため、当然、補聴器の需要も高く、セールスマンさんの大事な訪問先の一つになっていた。

「どんな具合ですか？」

セールスマンさんは、お客さんの部屋を一つ一つノックして回った。聴力検査をしたり、マイクロホンの周波数を調整したり、寿命がきた品に関しては新しいものへの買い替えを提案したりした。たいていのお客さんが彼を歓迎し、戸口で追い返すような人は滅多にいなかった。

「どうしたんですか。長い間音沙汰なしで。心配していたんですよ」

「いやあ、今日あたり顔を見せるんじゃないか、という予感がしていたんです。ズバリ当たりました」

「ああ、よく来たよく来た。疲れたでしょう。遠い道のりなんだから。さあ、入って、ゆっくりしていきなさい」

常に窓が開けっぱなしのため、吹き込む雨で家具に茸が生えている。打ち捨てられた薬のシートが地層のように積み重なって固まり、ベッドを取り囲んでいる。ソファー、絨毯、リネン類すべてが真っ白で統一され、染み一つない。新聞紙から切り抜いた文字を壁に貼り、詩を書いている。降り注いでくる素粒子を受け止めるため、天井から無数のティースプーンをぶら下げている……。さまざまな部屋があった。ドアを開けた瞬間、においも光の射し方も空気の流れも違った。その一つ一つの特徴を彼は把握していた。そこの住人がどんな補聴器を使っているか、というのと同じくらいどれも重要な情報だった。

特別メンテナンスの必要がない場合でも、顧客たちはどうにかしてセールスマンさんを引き留め、自分の補聴器を見てもらおうとした。セールスマンさんの指が触れてくれるだけで、性能が上がるとでも信じているかのように、自らすすんで補聴器を外した。掌で受け止めると、ついさっきまで装着されていたそれが、まだほんのりと体温を帯びているのが分かった。彼は電池が切れていないか確かめたり、耳たぶに引っ掛けるレシーバーの部品に歪みがないか点検したあと、イヤモールドに付着した皮脂や耳垢を専用の布とブラシで拭き取った。

顧客たちが感じるとおり、長年補聴器のみを扱い続けてきたセールスマンさんの指先は、無駄なく的確に動いた。それが自分の補聴器のために献身的に尽くしているさまを目にするだけで、彼らは晴れ晴れとした気分になれた。

「さあ、きれいになりました」

セールスマンさんが差し出すと、顧客たちは満足の表情を浮かべながら、再び自らの体の一部を定位置に装着した。

自分の提供した補聴器で、顧客の耳の穴が塞がれるたび、セールスマンさんはなぜか安堵を覚えた。仕事をはじめてすぐの頃からずっと変わらずそうだった。製品が売れ、お客さんが喜んでくれて良かった、というのとは異なる種類の、心の動きだった。もっと個人的で秘密めいていた。

洞窟の小部屋の扉は閉じられた。ああ、これで、耳の奥に棲むものたちがこぼれ落ちる心配はない。安全な居場所に閉じこもることができた。

そんなふうに声にならない声でつぶやいていた。

用事が済んだからといってすぐに失礼できるわけではなかった。

「お茶を一杯飲んでゆきなさい」

「ちょうどよかった。今朝、パウンドケーキを焼いたところなの」

「別に焦らんでもいいじゃないか。どうせ日は長いんだ」

補聴器のことより世間話の方がずっと長い場合が多かった。快くセールスマンさんは顧客たちの申し出に付き合った。お茶を飲みながら、家具に生えた茸の種類が変わっているのに気づき、その本数を数えた。薬のシートの地層が描く模様に目をやり、壁に貼られた脅迫状のような詩を読み、顧客が一個一個取り外してくれるティースプーンに素粒子が掬われていないか、確認した。もちろん、お茶の一滴、パウンドケーキの一欠けらでもこぼして真っ白の世界を汚さないことは、一番の注意事項だった。

すべての訪問を終えると、セールスマンさんは裏門から帰る振りをして、こっそりビレッジの西の端にある人工池へ向かった。一周歩くのに数分もかからない洋梨形の池だ。ボート遊びができるようにと作られたのだが、オープン直後、老婆が一人ボートから転落し、溺死して以来、誰も近寄らなくなってしまった。周囲には雑木林が広がり、池の中央には円柱の管理塔が建っていた。

空には夕暮れの気配が漂っていた。水は暗い錆色に染まり、どれくらいの深さがあるのか見通すことはできなかった。ただ老婆が一人沈み、丸三日浮かんでこないくらいの深さがあるのは確かだった。藻の絡みついた塔が、墓標のように水面から突き出していた。それが何を管理しているのか、誰も知らなかった。雑木林の影が水面に映り、いっそう水の色を暗くしていた。時折、魚が跳ねて波紋が広がると、影が揺らめき、そこだけ西日がきらめいて見えた。

池のほとりに一つあるベンチに向かい、セールスマンさんは歩く。遠くからでも彼女がもう先に来ていて、自分を待ってくれているのが分かる。たとえ逆光で影になっていようと、彼女の横顔に浮かび上がる耳のラインは見逃しようがない。

「あら」

「やあ」

二人はまるで偶然出会ったかのような挨拶を交わす。彼女にとって適切だろうと思われる距離を測りつつ、ベンチに腰を下ろし、鞄を膝に載せる。

彼女はビレッジ・コクーンで介護助手のアルバイトをしている大学生だ。遊戯室で入居者の誕生パーティーがあった日、金色のモールで書かれた『HAPPY BIRTHDAY』のパネルを取り外そうとして脚立に上っていた彼女を、たまたま通りかかったセールスマンさんが手助けしたのが最初だった。その時すぐ、彼女が理想的な耳の形の持ち主だと気づいた。長い髪はゴムで一つに束ねられ、むき出しになった首筋の先に、それはあった。ためらう間もなく彼は話しかけていた。

「我が社の工場には、サンプルとなる耳の模型があります」

助手さんは最初、よく意味が分からないといった様子で首をかしげていた。

「そこから、お客様の耳に合う形を探って、微調整してゆくのです。ですから模型は、あらゆる人々の耳の形を計測し、その平均を取って作られます」

お構いなしにセールスマンさんは続けた。

「つまり、何の突飛な自己主張もしない、世界で最も釣り合いの取れた耳。静寂の似合う耳……。あなたはそういう耳をしていらっしゃる」

助手さんは脚立を下り、パネルを抱えたまま、モールをいじりながらただうつむいていた。Yの上の部分、V字の先端が二つとも外れかけ、モールがぶらぶらしていた。遊戯室にはまだバルーンや花や食べ残したケーキの皿などが残されていた。うつむくと余計に、耳がこちらに迫って見えた。

「すみません」

ようやくセールスマンさんは自分の無礼に気づいて謝った。

「それはつまり、私の耳をほめて下さっている、ということなのでしょうか」

自信がなさそうに、助手さんは言った。おっとりとした喋り方だった。

「はい、もちろんです。もう何十年、人様の耳ばかりとお付き合いしてきた私が申し上げるのですから、間違いはございません」

セールスマンさんは何度もうなずきながら、きっぱりと言った。

こんなふうにして二人は出会い、人工池のほとりで一緒にお喋りをするようになった。いつもたそがれ時で、周囲には誰もおらず、ただ管理塔が二人を見守るばかりだった。時折風の向きが変わると、池の縁に水が吹き寄せられ、小さな波を起こした。

「ボートに乗ってみませんか?」

と最初に提案したのは助手さんだった。でもあれは、お婆さんが転落して亡くなった、縁起の悪い……と口にしそうになった言葉を、セールスマンさんは飲み込んだ。

少し変わった形をしたボートだった。普通の手漕ぎボートよりやや大きく、木の板を張り合わせた小屋が設置されている。小屋の側面には丸い窓が一つ。切妻屋根からは見せかけの煙突が突き出している。ベンチの前の杭に括りつけられたロープは、もう長い間解かれたことがないらしく、半ば朽ちかけていた。

セールスマンさんはロープを引っ張って小屋付きボートを引き寄せ、助手さんの手を取って一緒に乗り込んだ。ロープの結び目はほとんど力を入れなくても、千切れるようにしてすぐに解けた。

　思いがけずボートは激しく揺れた。二人は互いの両腕を支えるようにしてバランスを取りながら、小屋の中へ入った。扉を閉めると、急に薄暗さが増し、靴底から水の冷たさが立ち上ってきた。中は想像よりずっと狭く、丸窓から差し込む西日は心もとなく、背もたれのない長椅子と、油の切れたランプが一つ置かれているだけだった。そうしている間にもセールスマンさんはずっと、補聴器の入った鞄を手放さなかった。

　二人が長椅子に座ると揺れはおさまり、自然な水の流れに乗ってボートはどこへともなく漂っていった。木のにおいと水のにおいが混じり合い、立ち込めていた。長い間誰も足を踏み入れていないのだ、と分かった。もはやビレッジのざわめきは遠く、耳に届くのは池の気配だけだった。

「まあ、可愛らしい」

　初めて鞄を開けて補聴器を見せた時、助手さんは一番にそう言った。

「みんな丸くて、ころん、としていますね」

「はい、すべてが曲線です。神様は、直線をお作りになりません。自然も人間も、全部曲線でできています。耳もまた、例外ではありません」

セールスマンさんはもっとよく見えるよう助手さんに近寄り、鞄を傾けた。体のどこかを動かすたび、小屋のどこかがきしみ、足元が揺れた。すべての補聴器たちが準備万端、最良の状態を保っていた。以前は肌に馴染む目立たない色が主流だったが、いつしかアクセサリーのような派手な色合いのものも増えていた。

「どれでも、お好きなのを選んでみて下さい」

セールスマンさんは言った。

「でも私の耳はとてもよく聞こえるんです」

「ええ、分かっています。でも、あなたが補聴器を着けたところを、見てみたいのです」

あまりにも素直な言葉に、セールスマンさんは自分で自分に戸惑った。動揺を誤魔化そうとして鞄から視線を外し、丸窓の光が二人の間を横切ってゆくさまに目をやった。その一方で助手さんは何のこだわりもなく、申し出を素直に受け取り、おもちゃの宝石を選ぶように、鞄の隅から隅まで、一つ一つをじっくり眺めていった。

「では……これにします」

迷いつつ、自由に考えたうえで、彼女は一個を指さした。最も基本的な、充電式耳穴型の補聴器だった。

「ああ、あなたに一番よく似合うお品だ」

彼はそれを鞄の仕切りから取り出し、掌に載せてしばらく見つめていた。不具合がないかどうかセールスマンとして責任をもって点検しているのです、という態度を装いつつ、彼女の耳の一部を手にしている心の高鳴りが鎮まるのを待っていた。

彼は彼女の後れ毛を撫でつけ、耳たぶのやや上、縁が内側に丸まったあたりをそっとつまみながら、穴に補聴器を差し込んだ。実際には、差し込む、というほどの手ごたえもなく、それはすっとおさまった。あるべき場所に、あるべきものが抱き留められていた。これまで数えきれない顧客たちに補聴器を装着してきて、初めて味わう感触だった。案の定、一切の微調整は不要だった。

彼が作業しやすいよう、彼女は心持ち上半身を傾けていた。そばで触れてみると、彼女の耳がどれほど特別か、直に伝わってきた。窪みの形と深さ、耳介の程よい丸み、硬さと柔らかさの割合、そして何より、耳孔の奥に続く暗がりの神秘。そうしたすべてが、補聴器のおかげで尚更強調されていた。その耳が今自分の手の中にあると思うだけで、指先が震えていた。彼女は彼の方を振り向き、どんなふうでしょうか、という表情で微笑んだ。

舳先にぶつかる波か、飛び立つ水鳥たちの羽ばたきか、何かしら音がしていた。そのおかげで、沈黙を恐れる必要はなかった。今、池のどのあたりを漂っているのか、丸窓から見える景色だけでは分からなかった。

「私の最初の友だちは……」

彼はつぶやいた。

「耳の中に棲んでいました」

彼女は目を見開き、次の言葉を待っていた。

「バイオリンとチェロとピアノとホルンの、カルテットです」

少しずつ丸窓の光は弱まり、闇が四隅から二人に迫ろうとしていた。扉の内鍵は掛かり、壁板にはどこにも隙間はなく、小さな箱は、二人を閉じ込めたままただ当てもなく漂うばかりだった。

「私の涙を音符にして、演奏をしてくれるのです」

「どんな音色なんでしょう」

「ええ、とても親密ですよ」

「そうでしょうともねえ。涙は温かいですもの」

「そして最初のペット、ドウケツエビも耳の中で飼っていました」

「まあ」

「内耳のリンパ液の中で、二匹、仲良くダンスを踊っていました」

「でも、なぜドウケツエビを？」

「彼らは一生を、海綿の中で送るでしょう。体が大きくなって、海綿の網目から出られなくなっても平気なんです。むしろそれを望んでいるのです。だから彼らにとって、内耳は二重に安全な居場所、というわけです」

「なるほど」

「餌やりや、海綿の掃除や、あれこれ世話はカルテットがやってくれます。彼ら、とても親切なんです」

　もはや光は消え、どんなに目を凝らしても、彼女の表情はうかがえなかった。闇に浮かぶのはただ、補聴器に守られた耳だけだった。

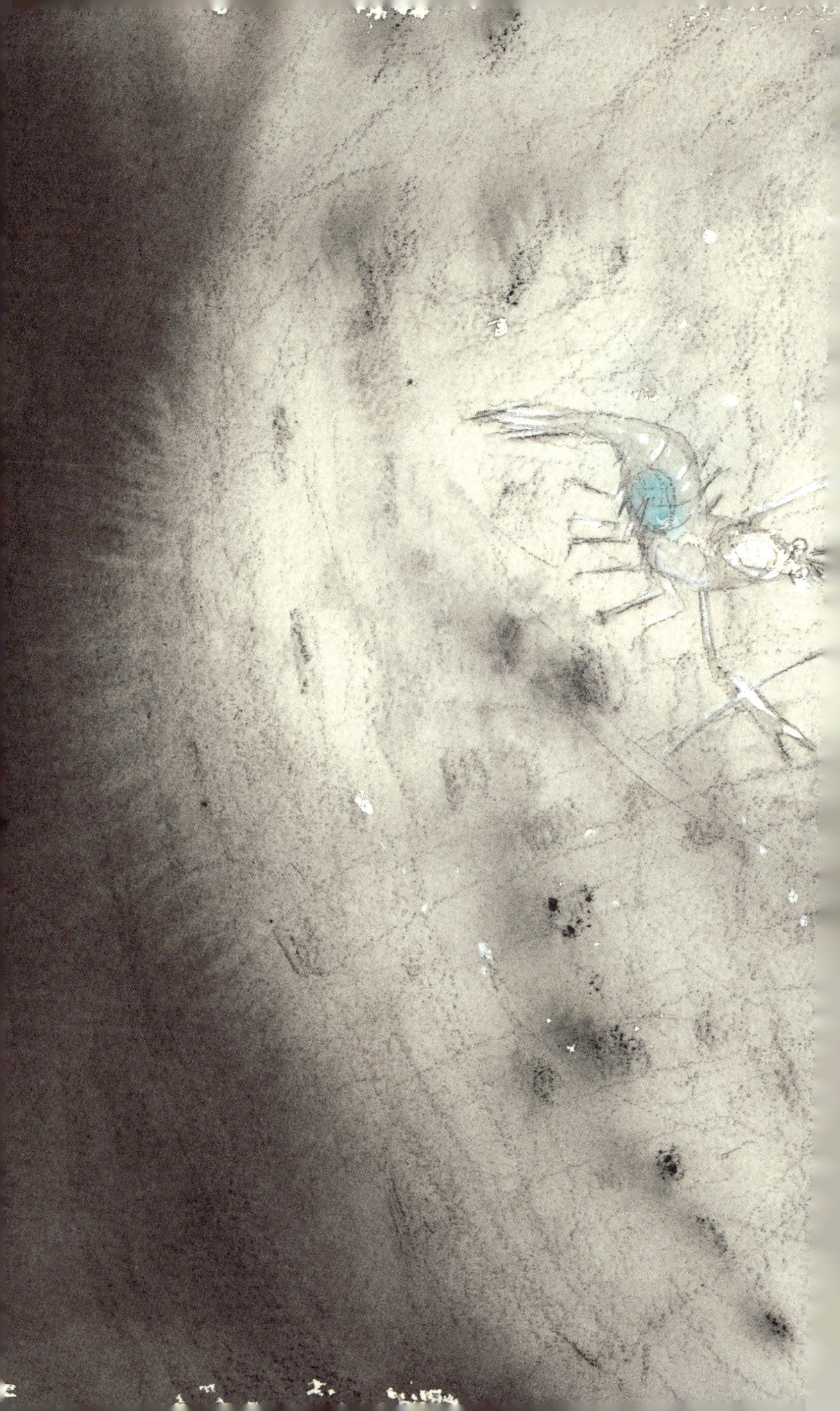

「補聴器のお仕事はセールスマンさんに、ぴったりですね」

彼女は言った。

「その通りかもしれません。耳に蓋をして、その奥にある大事なものを守ることができるのですから」

彼は答えた。

「カルテットの皆さんやエビたちを」

「はい」

水の揺らぎに身を任せているうち、少しずつ胸がふわふわしてきた。長椅子は塗料が剝げ、所々ささくれ立ち、ランプのガラスは煤で曇っていた。丸窓の向こうに管理塔が近づいてきたかと思うと、ボートの縁が曲面の梯子段にぶつかり、一回大きく揺れた。二人は体を寄せ合い、少しずつ波が鎮まってゆくのを待った。

「私は、閉じ込められているもの、閉じこもっているものに、愛着を覚えるのです」

彼は膝の上の鞄を抱え直した。

「閉じ込められ、誰からも見捨てられ、忘れ去られたものを救い出すのと、閉じこもっていたいものに、それが求める小さな空洞を与えてやるのは、私にとって同じことです」

彼女は鞄の仕切りを人差し指でなぞりながら、お行儀よく並ぶ補聴器の一個一個に視線を送っていた。

「あなたの耳は、ここにある補聴器すべてを寛容に受け入れるでしょう」

「本当に？」

「はい。拒絶を知らない耳をお持ちなのです」

「そうでしょうか……」

束ねた髪が襟足から肩口へと滑り落ちた。それでも補聴器に守られた耳は、彼のすぐそばにあった。

「どの補聴器も、繭のように見えます」

人差し指を止め、彼女は言った。

「確かに。この中には耳の洞窟に響くこだまが閉じ込められています」

「ああ、だからですね。補聴器を着けていただいてから、世界の音が何もかも、自分の一番近い場所から、自分のためだけにささやきかけてくれているような気がします」

「私の声も?」

「はい、もちろん」

二人の視線が交わった。彼女の耳に触れた感触がいつまでも消えないようにと、彼女は指先に力を込めた。

「繭は、じっと動かず、半ば死んだようです。自ら、そう見せかけているのです。でも目に触れないその奥には、予想を超える生命力が潜んでいます」

「このボート小屋だって、繭ですわ」

彼女は言った。

「ぽつんと一艘、水面に浮かんだまま、長い間打ち捨てられ、忘れ去られた、暗くてこぢんまりとした空洞。お婆さんの呪いを怖がって、誰も足を踏み入れようとする人はいません。中で何が行われているか、知ろうともしません。だからこそ、私たち二人は守られているんじゃありません?」

管理塔に行く手を阻まれ、ボートは停まったままだった。ねぐらへ帰る合図を送っているのか、雑木林から野鳥たちの鳴き交わす声が聞こえたかと思うと、やがて空へ吸い込まれていった。

もしかしたらカルテットとドウケツエビたちがいる耳の中も、このような薄暗さと揺らめきに満たされているのだろうか。小屋の中を見回しながら、彼は思った。肩から滑り落ちた長い髪の毛が、背広の襟に微かに触れていた。

「ビレッジの人たちには、内緒にしておいてほしいのですが……」

彼は言った。時が経つにつれ、声の輪郭が暗がりの中にくっきりと刻まれてゆくように感じられた。彼は補聴器の並ぶ木枠を持ち上げ、鞄の底からクッキーの缶を取り出した。

「私が持ち歩いている繭です」

あちこちがへこみ、歪んでいるせいで、蓋を開けるのに手間がかかった。

「ビレッジのどなたかがお亡くなりになって、貴重品が部屋から運び出されたあと、ごみは段ボールに一まとめにされ、廃棄業者に引き渡されるのを、ご存知ですね」

彼女はうなずいた。

「お客様が亡くなられますと、私はごみ置き場を点検し、段ボールから一つ、本当に大事なものを救い出して、こっそり、この缶におさめるようにしています。何度もお部屋にお邪魔し、お話をしておりますと、これがごみとして扱われるのは、どうしても我慢ならない、という品に出会ってしまうのです」

干からびた茸。薬のシート。真っ白いテーブルセンター。新聞紙の切り抜き文字。ティースプーン。彼はそれらを一つ一つ缶から取り出し、暗闇の中にかざした。彼女は黙って、彼の指先にあるものを見つめていた。無遠慮に触ったり、ありきたりな感想を述べたり、つまらなそうな表情を浮かべたりはしなかった。ただその視線だけで、缶の中身たちに対する敬意を表した。

「もちろん、ビレッジ以外で救い出した品もあります」

続けて彼は、ダンゴムシの死骸、おもちゃのラッパ、小鳥のブローチを出して見せた。

「新しい繭を見つけられて、よかった」

品々に向かって語り掛けるように、彼女は言った。

「はい。少々古びた缶ではありますが、小さくて、安全な宇宙です」

彼はすべてを缶に戻し、再び蓋を閉めて補聴器の下に仕舞った。

「あなたの、カルテットの演奏が聴きたい」
と、彼女は言った。ゴムを外し、一度髪をバサバサと手櫛で梳いてから、首の後ろできつく一つに結び直した。補聴器はずっと変わらず忠実に、耳の暗闇を閉じ込めていた。ああ、彼女は最も耳がよく見える髪型にしてくれているのだな、と彼は気づいた。

鞄を傍らに置き、彼女を立ち上がらせ、補聴器をしていない方の耳を手元に引き寄せた。それはもう片方と寸分違わない形をしていた。普通人は完全に左右対称の耳を持つことはできないというのに、彼女はやすやすとその難しいことをやってのけていた。

ふさがれていない耳の奥の洞窟に、息を吹き込むように、彼は自分の耳をそこへ近づけた。彼の耳と彼女の耳が密着した。二人の洞窟がつながり合った。どこにも隙間はなかった。

彼の手は彼女の肩を抱き、彼女の手は彼の腰にあてがわれていた。互いの息遣いが重なり合い、どちらがどちらの息なのか、区別がつかなくなっていた。しかし二人の意識はすべて耳に集中し、もう体全部が耳になっているといってもいいくらいだった。

管理塔の白色がぼんやりと丸窓を染めていた。雑木林もビレッジの人々も野鳥たちも、夜の気配に飲み込まれ、波と一緒にどこかへ運ばれていった。足元は絶えず揺らめいていたが、二人は無言のうちに、耳と耳が離れることのない正しいバランスを保っていた。

彼女は半ば目を閉じていた。舳先から垂れる水滴を音符にして、カルテットは演奏している。しずくは、池に沈んだ老婆の涙だ。こぼれ落ちてゆくその軌跡が、宙に楽譜を描く。

今、彼の耳で奏でられるカルテットの演奏が、彼女の耳孔をすり抜け、外耳道を通り、鼓膜を震わせている。中耳の込み入った骨の隙間をすり抜け、内耳のリンパ液にたどり着く。音符が涙の池を漂っている。反対側の内耳にまで流されても外へあふれ出てしまう心配はない。そこはちゃんと補聴器に堰き止められている。

二人の耳がカルテットの響きで一続きになる。ピアノとチェロとバイオリンとホルン。彼らはしずくの音符を見事に奏でる。

「踊りましょうよ。ドウケツエビのように」

彼女の声は演奏に溶け込んでいる。二人は耳を密着させたままステップを踏む。床が傾き、波が起こり、ランプが長椅子から転がり落ちる。けれど何ということはない。もはや耳は互いの体温で溶けた耳介が接着剤のようになって離れようもなく、リンパ液の揺らぎは同調してますます勢いを増し、エビたちは軽やかに弾んでいる。彼は膝を伸び縮みさせ、肩を上下させる。女は腰を振り、靴で床を踏み鳴らす。束ねた髪が首に巻き付き、また解ける。背中を反らせ、手首をくねらせ、太ももを絡ませる。小屋の隅から隅まで、くるくる回転しながら踊り続ける。黒い鞄が長椅子の上から二人を見守っている。

管理塔の梯子段に引っかかっていた舳先がいつの間にか外れ、ボートは再び漂いはじめる。池のどこまで流れてゆくのか、二人にはもう分からない。ただいつまでも一続きの耳のまま、踊り続けるだけだ。

選鉱場とラッパ

少年はラッパが欲しかった。それは輪投げの景品として、テントの奥の棚に置かれていた。四×四、計十六本並んだ棒に向かって六つの輪を投げ、縦横斜め、一列そろえば景品がもらえるのだ。少年はそういうルールもまだよく理解できないくらいに幼かった。それでもラッパが、どうしても欲しかった。

神社の秋祭りの夜だった。三日間続く祭りの初日で、参道の両脇には夜店が並び、お参りの列が途切れなく連なっていた。ハロゲンライトに照らされた人々の顔は一様に赤らみ、興奮して見えた。太鼓が打ち鳴らされ、あちらこちらで奇声が上がり、お酒やソースや砂糖や油や、あらゆるにおいが夜風の中で混じり合っていた。

見た目よりずっと輪投げは難しかった。たいていの人が失敗した。あと一つ、あの棒に入りさえすれば、というところまで来ても、最後の輪はなぜか思い通りに飛ばなかった。緊張のせいなのか、プラスチックの輪に何か細工でもしてあるのか、それは手元を離れた瞬間、不安定に揺らめきながら、見当違いの場所に落下した。そのたび、野次馬からため息が漏れた。

少年は人々の間に挟まり、次々と現れる挑戦者たちを観察した。真剣な子どももいれば、遊び半分の大人もいた。その晩、少年がそこにいる間、三人の成功者が出た。残り一つの輪が目指す棒に納まると同時に、どよめきが湧き起こった。

〝どうか、ラッパを選びませんように。どうかお願いします〟

少年は神様に祈った。三人はそれぞれ、フクロウの木彫りの置き物と、キーホルダーと、鉛筆のセットを選んだ。少年はほっとすると同時に、せっかく貴重なチャンスを得たのに、なぜそんなつまらない景品を選ぶのか不思議に思った。フクロウは太りすぎてブタと区別がつかず、キーホルダーについているのは珍しくもない四つ葉のクローバーで、鉛筆に至っては、使ってしまったらおしまいじゃないか。そう考えるとなぜか腹立たしささえこみ上げてきた。少年の思いなどお構いなしに、成功者たちは各々の戦利品を抱え、満足した表情で去っていった。

ラッパは三段ある棚の一番上、向かって左手寄りに置かれていた。両隣には、光るビーズでできたネックレスと鞘に入った剣が並んでいた。その他、がま口、万華鏡、造花、独楽、塗り絵セット、指人形……さまざまなものが選ばれるのを待っていた。

けれどラッパにかなうものは何一つなかった。そうした下々のものたちを従え、ラッパは特別な光を浴び、威風堂々としていた。プラスチックなどの安物ではなく、金属の高貴な質感を持ち、円錐形に広がる曲線は神秘的な輪郭を描いていた。本体を支える持ち手には、赤い房飾りが結びつけられ、それが一層の威厳を感じさせた。

そしてすぼんだ先端だ。そこには口を当てるのにちょうどいい形をした、真鍮の部品がはめ込まれている。あそこに唇を当ててみたい。息を吹き込みたい。少年の欲望は高まり、胸が痛くなるほどだった。左手で持ち手を握り、部品をくわえる。唇からひんやりした真鍮の感触が伝わってくる。真鍮は銅と亜鉛の合金だ。金属の種類や色やにおいについて、少年はよく知っている。房飾りが肘にまで垂れ下がり、ラッパが鳴るのを待ち構えている。少年は頰を膨らませて息をため込み、手の中にある金属の管に向かって、それを吐き出す。房飾りが揺れて手首をくすぐる。と同時に曲線の向こうから音が発散される。本当にこれが自分の息によって生み出されたとは信じられないくらいの勢いと、躍動と、煌めきを持った音が、テントを突き破り、夜空の果てまで響き渡る。星座さえ震えている。他の景品たちは皆闇の中に沈んでいる。房飾りが軽快なリズムを刻む。唇はどんどんラッパに馴染んでくる。いつしか少年の喉とラッパは一つの管になり、つながり合っている。誰もそれを引き離せない。

輪投げのテントを仕切っているのは、村では見かけたことのないお婆さんだった。黒ずんだエプロンを着け、首にナイロンのスカーフを巻き、少ない白髪をかき集めて頭頂部で団子状に丸めていた。パイプ椅子に腰掛け、手には細長い木の枝を一本持っていた。お客さんが来てもほとんど喋らず、立ち上がらず、顎の動きとその枝一本だけですべてを済ませた。お金を受け取るとエプロンのポケットに仕舞い、足元の木箱に枝を突っ込み、六つの輪を引っ掛けてお客に渡す。ワンゲームが終わると、散らばった輪を枝先で器用に引っ掛けながら回収する。成功者が出れば、好きなものを持っていきなさい、という具合に、景品の棚に顎を向ける。別におめでとうの拍手もなければ、景気づけの掛け声もない。

枝はお婆さんのもう一本の腕となって働いていた。握りの部分は皮がはげてツルツルになり、先端は輪を扱いやすい感じに反り返っていた。棚から景品が一つ去ってゆくと、テントの片隅の段ボール箱から新しい品を取り出し、枝の先に引っ掛けて空いたところに置いた。ラッパもああいうふうにして並べられたのだろうか。房飾りの結び目は、枝先を引っ掛けるのにうってつけだ。もうどれくらいの時間、そこに置かれているのだろう。お婆さんは試しに吹いてみたりしただろうか。とするとあの真鍮の吹き口には、既にお婆さんの唾液がついているのかもしれない。

参道を覆う夜空は少しずつ色を濃くしていた。それにつれ、ライトがより鮮明にラッパを照らしていた。その時不意に、人込みの間から手がのび、少年の腕をつかんだ。

「さあ、もういい加減にして帰りましょう。明日は早番なんだから」

母親だった。輪投げがしたい、という言葉を少年はどうにか飲み込んだ。

二人は県北の山奥にある鉱山会社の社宅に住んでいた。斜面を利用した巨大な選鉱場の真下に社宅は建っていた。サイコロ形の箱を横長につなげた簡素な建物が、何棟も連なっていた。どの棟の外壁も、金属の粉を浴びて黴が生えたように黒ずんでいた。二人にあてがわれたのは、単身者用の棟だった。母親が夫と離婚し、幼い息子を連れて鉱山へたどり着いた時、空いている部屋がそこ一室しかなかったのだ。

選鉱場は夜中もずっと稼働していた。鉱山から掘り出した金属を、選鉱場で仕分けし、種類別に製錬所へ運ぶための列車が、山のもっと上の方を走っていた。山の東側には歩いて上り下りできる急な階段があった。斜面は二十二段の作業場に分かれ、一番下の段は円形の貯水タンクになっていた。各々の段には、複雑な形をした装置がいくつも設置されていた。削岩機の轟音は山の木々を揺らし、鉄の鎖を巻き上げるウインチは、苦しげなうめき声を出していた。とある段ではベルトコンベヤーが自在に行き来し、また別の段は、吹き出す水蒸気の勢いで、一段と賑やかだった。

鉱石を粉砕して、比重選別、浮遊選別をしたあと脱水して……と、いつだったか隣に住む青年が説明してくれたが、少年にはそれらがどんな作業なのか見当もつかなかった。ただ、そこに運ばれてくる金属の名前だけはすぐに覚えることができた。金、銀、銅、鉛、錫、亜鉛。どの言葉も少年の耳にうっとりする響きを残した。

村のどこにいても選鉱場は視界に入った。こんなにも大きな建造物が自分の目の中に納まるのが、奇妙に思えるほどだった。村は金属の気配に支配されていた。機械の音は休むことなく鳴り続け、運搬列車は次々トンネルの中へ消えてゆき、晴れの日でも空はどことなくくすんでいた。

母親は作業員たちのための社員食堂で働いていた。二交代制で朝昼晩、三食を作る重労働だった。学校から帰って来ると、たいてい母親は早番が終わって疲れて眠っているか、遅番に出かけたあとのどちらかだった。ガスコンロの鍋には、母親がもらってきた食堂の残り物が入っていた。少年は一人、それを温めて食べた。煮崩れした魚と野菜の炊き合わせや、具のほとんど入っていないシチューや、青臭いえんどう豆の卵とじなどだった。

一人の夜、北向きの台所の窓から選鉱場の明かりを眺めるのが少年は好きだった。食卓の椅子を流し台の前に移動させ、細長い窓を開け、いつまでもじっとそこに座っていた。虫が飛んできても冷たい風が吹き込んできても平気だった。

選鉱場には一面、さまざまな色の光が灯っていた。同じ色は一つもなく、大きさも形も点滅の仕方も違っていた。それらがにじんだり、鮮やかになったり回転したりした。二つの点が一つに重なり合い、新しい色を生み出すこともあれば、逆に一つの光が分裂し、少しずつか弱くなってゆくこともあった。光の瞬きのせいで人の姿は視界に入ってこなかった。夜だけは人の手を借りず、選鉱場が本当にやりたい作業に熱中しているのだ、と少年は信じた。目を凝らしているうち、絶え間なく鳴り続けているはずの機械音が消え、居心地のいい静けさに包まれている錯覚に陥った。まるで星空が山の斜面に流れ落ちてきたかのようだった。

　山の中に何万年も眠っていた鉱石たちが、掘り返され、目を覚ました途端、こんなにも美しく光るのはなぜだろう。少しでもその輝きに近づこうとして、少年は流しの縁に手を当て、身を乗り出した。あれは作業用の明かりで、鉱石が光っているわけではないと、少年はまだ知らなかった。星と同じくらい長い時間をかけ、ようやく地上にたどり着いた光だとして、何の不都合があるだろう。

　少年は窓から見える光を線で結び、自分なりの星座を作った。三葉虫座、雲母座、オアシス座、人魚姫座、ラッパ座……。地球の公転に合わせ、選鉱場の星座も日々移り変わった。一番星もあれば、流れ星もあった。新しく誕生した星座に名前を付けるのに、苦労したことは一度もなかった。一つ一つの瞬きをつないでゆくと自然に輪郭が描かれ、最もふさわしい名前が浮かんできた。名前がついた途端、それが自分だけの持ち物になった気分で、いっそう胸が躍った。雨上がりには、靄がかかり、斜面全体がベールで覆われたようになった。雪が降ると、星に積もった白色が凍り、普段とは違う輝き方を見せてくれた。

　飽きることなく少年は流しの前に座っていた。母親はなかなか帰ってこなかった。

コンロに置かれたままの鍋は、少年の食べ残しがこびりついて冷たくなっていた。

少年が、吹く、ということにめざめたのは、社会科見学で『貝類博物館』に行ったのがきっかけだった。バスで山を下り、南へ向かって町を延々と走った先の海沿いに、博物館はあった。近所に住む貝好きのおじさんが、一人で運営している私設の博物館で、生徒が全員入場すると、体がぶつかり合うくらい満杯になった。

ガラスケースにいろいろな種類の貝が展示されているなか、二階へ続く階段の踊り場に、大きなほら貝の殻が一つ置かれていた。ガラスケースにも入らず、何かの手違いで置き去りにされたかのように、テーブルの上にゴロンと転がっていた。

〝どうぞお好きに吹き鳴らして下さい〟

そう書かれた紙が一枚、壁にセロハンテープで貼ってあった。

転校してきたばかりで、少年は一人だった。周りに生徒はたくさんいたが、彼に目を向ける子も、ほら貝に気づく子もいなかった。ただ皆のざわめきが博物館中にあふれるばかりだった。

その時、なぜほら貝を手に取ったのか、あとから思い返してみても、分からなかった。殻は大きかった。片手では持ちきれないほどだった。表面はごつごつとし、茶色と白のうろこ状の模様に覆われ、規則正しい曲線によって螺旋が描かれていた。縁が反り返るほど広々と開かれた口とは対照的に、反対の先端は細く尖っていた。その先端に、銀色のキャップが被せてあった。

もしかしたらキャップの銀色に惹かれたのかもしれない。海の底に沈む貝と、坑道から掘り出された銀。二つの組み合わせが選鉱場を連想させたのだ。

少年は銀のキャップをくわえ、お腹の底からたっぷりと息を吐き出した。貝殻の螺旋を巡ってゆく息の動きが指先に伝わってきた。貝は浮遊し、海流に乗り、砂を巻き上げた。少年は徐々に力を込めていった。最後の螺旋を巡りきった息が、反り返った口で何重にも増幅され、一気にほとばしり出ていった。

一斉にざわめきが止み、館内にいた生徒たちは皆、何が起こったのか分からない様子で踊り場を見やった。そこにほら貝を吹く少年を見つけても、今耳にしている音が、彼の口から発せられていると、すぐには気づけず、ただ落ち着きなく目をきょろきょろさせるばかりだった。

ほら貝の音は博物館の空気を貫き、生徒たちの頭上を舞ったあと、フロアーの隅々を覆い尽くした。展示された他の貝たちも、耳を澄ませていた。

海の冷たさと殻の強固さを通り抜けた少年の息は、かつて耳にしたことのない音色を奏でていた。霊妙でもあり、平穏でもあり、また無邪気でもあった。すべての息を吐き出してもまたすぐ新たな息が湧き上がり、自在に抑揚をつけ、メロディーを生み出すことができた。少しずつほら貝を支える左手が震えてくるのを、唇の力で持ちこたえた。ほら貝の口からは唾がしずくになって飛び散っていたが、気にしなかった。

しかし呆気なく、皆の興味は去っていった。

「変なことやってる子がいる」

「誰だっけ？」

「さあ、知らない」

再びざわめきが戻り、最早誰もほら貝の音色に耳を傾けている子はいなかった。

「凄いね、君」

その時、たった一人だけ、声を掛けてきた人がいた。博物館のおじさんだった。

「今までの来館者で、ほら貝をここまで上手に吹きこなした人は、他にいないよ。

君が一番だ。貝殻だって、こんなに喜んでる」

そう言っておじさんは、ほら貝の表面を愛おしそうに撫でた。

褒めてくれたおじさんのために、少年はほら貝を吹き続けた。銀色に染まった唇で、透明に光る星のしずくをまき散らした。


ある日、学校からの帰り、指定された県道の通学路を外れ、遠回りをして山道を歩いた。本当は熊に出会う危険があるので、山に入るのは禁止されていたが、一人ぼっちの少年には、注意を払ってくれる友だちも、家で待っている母親もいなかった。

あたりはスギとアカガシの大木が生い茂って薄暗く、地面は一面下草に覆われていた。鉱石が発見された遠い昔に使われていたらしいトロッコの線路が、所々、下草の間からのぞいて見えた。朽ちかけた枕木がキノコやコケに侵され、無数の穴が開き、虫たちの巣になっている中、線路はどんなに錆びていても、元の形を保っていた。

ランドセルに結び付けた熊よけの鈴と、線路に沿って流れる沢の水音が一緒になって聞こえた。そこに時折、野鳥たちのさえずりが交わった。水量は思ったよりずっと多く、底に生える水草の葉先をなびかせ、岩にぶつかって渦を作りながら、勢いよく流れていた。沢の向こう岸にはドラム缶で作った熊用の捕獲器が設置されていた。中は静かで、空っぽだった。

途中、線路を横切り、木々の幹につかまって道のない斜面を下りてゆくと、不意に視界が開け、右手の向こうに選鉱場が姿を現した。樹皮と尖った小枝をつかんだせいでざらざらした掌は、所々血がにじんでいた。運動靴は土まみれになり、底の湿り気が靴下にまで染み込んでいた。靴を洗って干しておかないと、母親に叱られる、と少年は思った。

斜面のすぐ下、県道沿いの空き地に、物置小屋かと勘違いするくらいに安普請の社員食堂が建っていた。遅番の母親はたぶん、昼食の後片付けを終え、夕食の下準備に取り掛かっている頃だろう。窓からはオレンジ色の明かりが漏れていた。

途中で二股に分かれ、更に空の高いところまで枝を茂らせているアカガシの幹に寄りかかり、社員食堂の窓を眺めている時、裏口のドアが開き、作業着姿の若い男が一人出て来た。金属の種類や選鉱場の仕組みについて教えてくれた、社宅の隣に住む青年だ、と気づいた。

青年は片手に鍋を持ち、裏口脇の、生ごみ用ポリ容器が並ぶ前にしゃがみ込んだ。するとどこからともなく一匹の犬が現れ、彼の前に座った。両耳をピンと立て、尻尾を振っていた。こげ茶と灰色がまだらになった、細い脚ばかりが目立つ痩せた野良犬だった。

無意識に少年は幹の裏に身を隠した。なぜか見つからない方がいいような気がした。青年は手にしていた鍋の中身を無造作にボウルに入れ、地面に置いた。待ちきれない様子ですぐさま犬はボウルに頭を突っ込み、一心に歯をガシガシ鳴らしていた。醬油色の汁が飛び散り、鼻先がべとべとになってもお構いなしだった。昼の残飯だろうか。夜の下ごしらえで出た余りだろうか。青年は立ち上がり、犬に声を掛けるでも、頭を撫でてやるでもなく、空になった鍋を提げてまた裏口から社員食堂へ戻っていった。

少年は家のコンロに置いてある鍋の中身を想像した。ジャガイモや豚の脂や豆や魚の内臓が、犬の舌でかき回され、ぐちゃぐちゃに混ざり合い、どんな味かも分からなくなってゆく様子が、唾液と一緒に胃から逆流してくるようだった。少年がアカガシの幹にしがみついている間もずっと、選鉱場は金属をより分けていた。星が光を放つまでにはもうしばらく時間がかかりそうだった。

すべてを食べ終えた犬は、いつまでも名残り惜しそうにボウルをなめていたが、ようやく見切りをつけ、県道を渡って選鉱場の方へ向かって歩きだした。ついさっきまで見せていた貪り食う姿とは異なり、ちゃんと目的地があるのです、とでもいうような澄ました歩き方だった。

少年は山を下り、犬の後をつけた。犬は一度選鉱場の前で立ち止まり、斜面を見上げたあと、地面のにおいをかいだ。作業員が何人も近くにいたが、皆忙し気で、犬と少年を相手にする者はいなかった。

やがて犬は社宅の敷地に入り、少年を振り返りもせず、棟の間を軽やかに歩き回った。ちょうど裏庭の、人気のないところまで来た時、少年は犬に近づき、その横腹を蹴り上げた。「キャン」と一声鳴き声が上がったあとは、前よりももっと深い静けさが訪れた。

たった一瞬の出来事にもかかわらず、少年は肩で息をしていた。運動靴の先に、湿った犬の皮と細い肋骨の感触が残っている気がした。逆流する胃の不快感がいっそう高まっていた。犬は横倒しになり、舌を垂らし、尻尾を後ろ脚の間に挟んでしばらくじっとしていたが、やがてよろよろと立ち上がり、去っていった。結局、一度として少年に視線を向けることはなかった。

秋祭りの二日めも、ラッパは無事だった。四人の成功者が出たが、誰もラッパは選ばなかった。棚から消えた景品は、ソフトビニールの怪獣、キャラメル二箱、ミニカー、リリアン編みセットだった。

万が一、別物と入れ替わっていてはいけないと思い、本当に昨日と同じラッパかどうか、少年は子細に観察した。全体の色味、質感、円錐形の輪郭、本体と持ち手のバランス、房の広がり……。どこにも怪しげなところはなかった。それは最も多くのハロゲンライトが反射する角度を保ちつつ、棚の定位置を守っていた。

髪型からスカーフの結び方まで、お婆さんのスタイルもまた前日と同じだった。忙しくなればなるほど、右手からのびる木の枝はスムーズに動いた。

〝どうか、僕のラッパを誰かが持って帰ったりしませんように。どうかお願いします〟

少年は神様に祈り続けた。成功者がラッパには目もくれず、つまらない景品に手をのばすたび、感謝の祈りを捧げた。

もしかしたら、お婆さんが持つ木の枝に、魔力のようなものが宿っていて、僕のためにラッパを守ってくれているのではないだろうか。ふと、そんな気がしてきた。輪を引っ掛けるのに丁度いい、反り返った枝先が、ラッパに近づこうとする成功者たちの視線を払いのけているのだ。いや、最後の輪が目指す棒に入るのを、邪魔してくれているのかもしれない。そうだったらいいのに。いや、きっとそうに違いない。少しずつ少年は確信を深めていった。一切反応はなかったが、少年はお婆さんに向かい、お礼の念を送った。誰にも悟られないよう用心しつつ、唇をすぼめてラッパを吹く真似をして見せた。二人だけの間に通じる秘密の合図だった。

問題が発生したのは三日め、祭りの最終日だった。放課後、急いで輪投げのテントに駆け付けた時は、すべてが順調だった。棚の景品の多くが入れ替わっている中、ラッパは定位置にあり、お婆さんは見事な枝さばきを見せ、テントの中は客であふれかえっていた。枝の魔力は健在だった。

次から次へと挑戦者が現れ、お婆さんは休む間もなかった。エプロンのポケットは小銭で膨れ上がり、首元のスカーフは汗で湿っていた。一つ輪が投げられるたび、大騒ぎだった。野次を飛ばす酔っ払いがいるかと思えば、失敗して皆に笑われ、泣きだす子もいた。

丸三日、村を練り歩いた神輿の戻って来る時間が近づいているらしく、日が暮れるにつれ、参道を行く人の数も増えていった。太鼓と鉦の音はどこまでも勇ましく、いっそう人々の興奮をあおった。ラッパの無事を見張るのに疲れると、少年は空を見上げ、ドラム缶の木くずが風にあおられて火花を散らし、闇に舞う様子を眺めた。

そんなふうにほんのわずか視線を外した瞬間だった。ガシャッと気持ちの悪い音がし、振り返るとお婆さんが椅子から崩れ落ちていた。その拍子に棚にもたれかかったのか、景品はどれもこれも地面に転がり、木箱はひっくり返り、輪はそこら中に散らばって、手が付けられなくなっていた。更にゲームの途中だった男の子が叫びだし、ますます状況を混乱させていた。一番大切な木の枝は、お婆さんの足元で折れ曲がっていた。

誰が最初に指示を出し、動きだしたのか、よく分からなかった。とにかく気づいた時には少年と大人が数人、お婆さんのそばに駆け寄っていた。エプロンから小銭がこぼれ落ちていたが、そんなものに気を取られる者はいなかった。一人は「救急車を呼べ」と大声を上げ、一人は口元に耳を当てて呼吸をしているかどうか確かめ、もう一人は早くも心臓マッサージをはじめようとしていた。

　傍らで少年はただ事態を見守るしかなかった。お婆さんのエプロンはめくれ上がり、震える唇は青白く、まとめていたはずの髪がいつの間にか解けて地面に広がっていた。その方が少しでも楽なのではないか、という気持ちに駆られ、心臓マッサージの邪魔にならないよう少年はおずおずと首元に手をのばし、スカーフの結び目をゆるめた。お婆さんの首は心細いほどに痩せて、筋が浮いていた。仕事道具の枝だけは放すまいとするかのように、右手の指は固く握られたままだった。

　異変を察知して様子をうかがいに来た人々も加わり、テントの中はますます混乱してきた。神主さんを呼んで来い、救急車はまだか、休憩所のソファーまで運んだらどうか、どんどん顔が土気色になってる、まあ、大変……。皆が口々に何かしら叫び、うろうろと動き回っていた。

　その時、少年の目にラッパが映った。棚から落ちて地面に散らばる他の景品たちの中に、それはあった。どんなに非常な事態であっても、お婆さんの枝に守られた特別な品であることを示すように、房飾りが、解けた白髪と触れ合い、重なり合っていた。

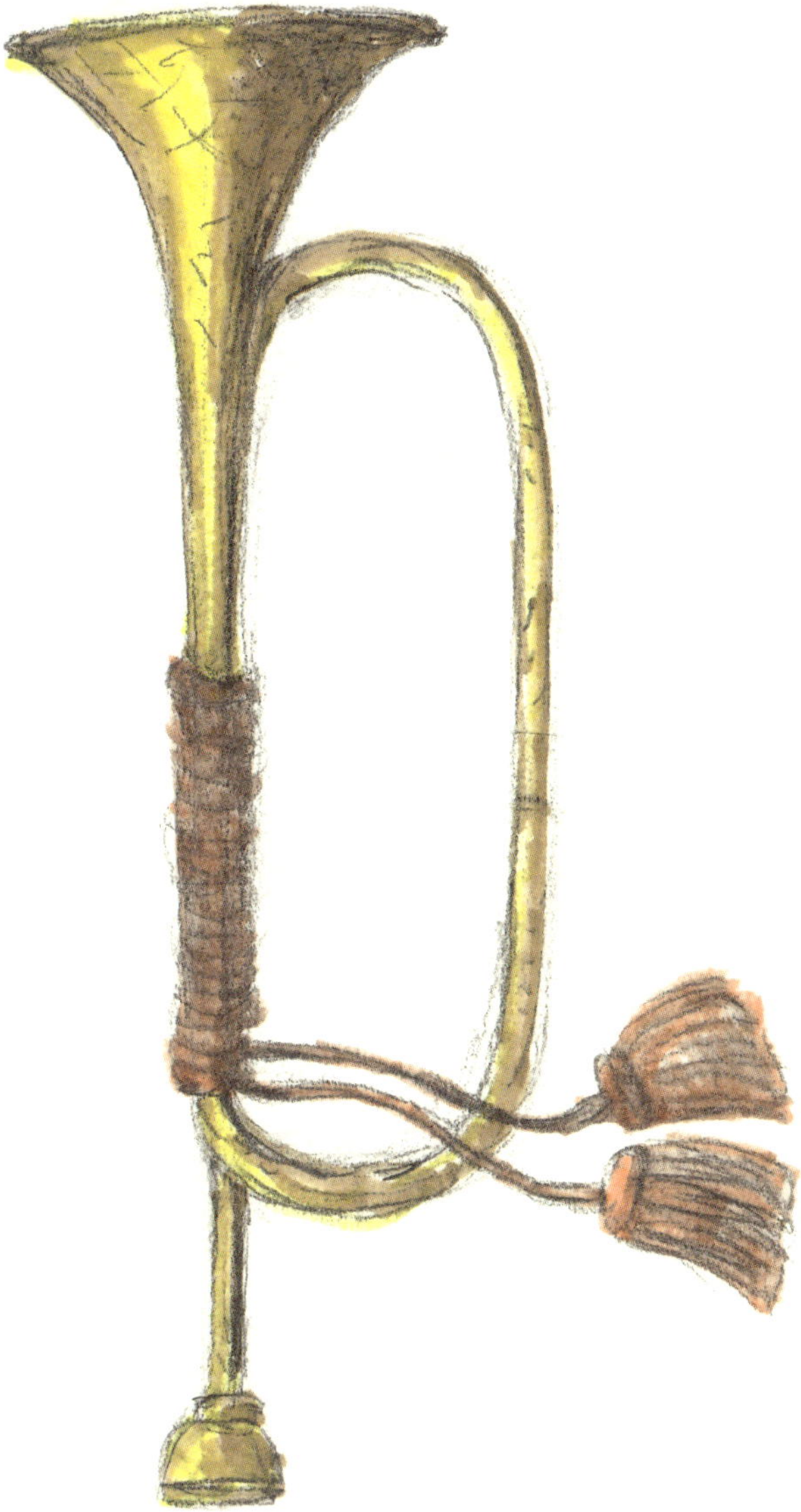

少年はラッパを手に取り、テントの隙間から外へ走り出た。それがどんな手触りで、どれほどの重みがあるか、感じ取る余裕もなく、ひたすら暗がりに向かって走り続けた。耳に届くのはただ、遠ざかってゆく祭りのざわめきと、荒くなる自分の呼吸の音だけだった。

次の日、学校から真っすぐ社宅には帰らず、神社に寄り道し、また山へ入った。あの後お婆さんがどうなったのか、噂は聞こえてこなかった。誰に尋ねたらいいのかも分からず、神社に行っても、すべてのテント、屋台は取り払われ、参道はがらんとして祭りの痕跡は何一つ残っていなかった。

陽が遮られ、ひんやりとして湿ったトロッコの線路の上を、少年はうつむいて歩いた。枕木をまたぎ、下草を踏みしめ、時々線路の縁に運動靴の底をこすりつけて土を落とした。そんなことをしたって、輪投げのテントから走って逃げた事実は消えやしない。少年はつぶやいた。走りながら何を考えていた？　もしラッパを取るところを見た大人が追いかけてきたらどうするか、上手い言い訳はないか、それを一生懸命考えていたんだ。神主さんに知らせに行くんです。救急車を呼んでもらって、お婆さんを助けてもらうためです。このラッパですか？　お駄賃としてもらいました。いざという時、これを吹き鳴らせば皆が道を開けてくれるでしょう？

少年のつぶやきは沢の流れに飲み込まれていった。裂けた枕木の先がふくらはぎを引っ掻いても、線路の隙間に足首が挟まっても、お構いなしに少年は歩き続けた。この痛みは、醜い言い訳が沢の流れを汚している罰なのだ、と自らに言い聞かせた。茂った葉は頭上で常にざわめき、姿を見せない野鳥たちがその隙間を飛び交っていた。強い風が吹き抜けると、下草がいっせいになびいた。熊の捕獲器はやはり空のままだった。

ラッパをつかみ、神社から社宅まで走って帰る間、大勢の人間とすれ違ったが、声を掛けてくる人は誰もいなかった。家に帰り着いた少年は、部屋の蛍光灯の下に座り込み、弾む息のままラッパを見つめた。これが本当に自分の欲しかったラッパなのだろうか。少年は不思議な疑問にとらわれた。あれほど神様にお願いしたラッパが、ようやく今、自分の手元にあるというのに、いざ思い通りになってみると、テントの中で目にした風景が頼りなく霞んでゆくようだった。

お婆さんは大丈夫だろうか。それが一番の問題なのだ。誰にも負けない技で木の枝を操り、ラッパを守ってくれたお婆さん。少年はラッパをさらに強く握った。スカーフをゆるめた時に触れた首の皺の感触が、指先によみがえってきた。

ラッパは金などではなかった。ただプラスチックを金色に塗っただけで、吹き口も真鍮の色をしているにすぎなかった。赤い房は一本一本の糸がざらつき、指でこするとカスのようなものがポロポロ落ちてきた。ハロゲンライトから遠ざかり、蛍光灯の下に無理矢理連れてこられたラッパは、勇ましい金の輝きも、気品ある真鍮の艶も失い、少年の手の中で心細げに身を縮めていた。

なぜ吹かないいんだ。少年は自分を鼓舞した。吹きたくて吹きたくてたまらなかったんだろう？　今なら遠慮なく、自分の自由にできるじゃないか。少年はラッパを持ち上げ、そろそろと口に近づけようとした。房が力なく垂れ下がった。吹き口がすぐ目の前にあった。ほら貝よりもずっとたやすく音が出るはずだ。もっと軽やかで、もっと心弾むメロディーが奏でられるに違いない……。

しかしどうしても少年は、ラッパを吹くことができなかった。持ち手を握ったまま、ただ一人、じっとうつむいていた。彼を見守っているのは、北向きの窓の向こうで瞬いている選鉱場の光だけだった。

母親が仕事から帰って来る時間が近づいていた。少年は食卓の椅子を押し入れの前に引っ張ってゆき、天袋を開け、積み上げられた古い段ボールの奥に、ラッパを隠した。房飾りがはみ出していないか、慎重に何度も確認した。結局、一度もラッパが吹き鳴らされることはなかった。

少年はスギとアカガシの幹につかまりながら、斜面を下りていった。木々の間から社員食堂の裏口が見えてきた。遅番の母親はもう仕事をはじめている時間だった。生ごみ用のポリ容器は姿を消していた。あの日、身を隠していたアカガシの木のところまで来た時、盛り上がった根の間に見慣れない何かがあるのに気づき、少年は一瞬ひるんで後ずさりした。犬の死骸だった。社員食堂の裏口で残飯を食べていた野良犬だった。

犬の死骸を目にするのは初めてだったが、死んでしばらく経っているのは明らかだった。脚は不自然に折れ曲がり、まだらの毛はアカガシの根と区別がつかないくらいに色がくすみ、破れた腹から溶け出した内臓が、地面をべっとりと濡らしていた。途絶えたはずの犬の命をそれでもまだ吸い尽くそうとするかのように、全身をウジ虫たちが這い回っていた。所々、頰骨や肋骨や骨盤が覗いて見えた。半開きになった顎に残る牙は、はっとするほどに鋭かった。骨に垂れ下がる皮膚の切れ端から、体液が滴り落ちていた。その時ようやく少年は立ち込める悪臭に気づき、口元を腕で隠した。眼球が溶け、空洞になった目が少年を見ていた。少年が蹴り上げた時、決して後ろを振り返ろうとしなかった目だった。

少年は家まで走って帰り、ランドセルを置いて靴箱から小さなスコップを手にすると、再び山に戻ってアカガシを目指し、斜面を駆け上がった。そうして土を掘り、根元の犬にかけていった。湿って柔らかいのはほんの数センチで、その下の土は固くスコップを突き刺すのにも苦労するくらいだったが、とにかく掘り続けた。少年を突き動かすのは、犬の死を悼み、弔ってやろうなどという優しさではなく、一刻も早くこの死骸を自分の目の届かない場所に葬りたいと思う、焦りだった。昨日から、走ってばかりいる。隠してばかりいる。少年は独り言をつぶやきつつ、自分で自分が何をしているのか、訳が分からなくなっていた。

死骸を埋めるのは思うよりずっと大変な作業だった。スコップから放り投げられた土は、ただ内臓の隙間にこぼれ落ちてゆくか、毛に新たなまだら模様を作るだけだった。少年は隣の木の根元から新たな土を運び、下草を掘り返し、スコップの先に当たる石をかき出した。地面の下にゆけばゆくほど石は大きくなり、絡まった太い根が邪魔をして、また新たな土を求めて移動しなければならなかった。もし社員食堂の裏口から誰かが姿を現し、何をしているのかと尋ねられたら、どう答えればいいのか。そう考えるだけで余計息が苦しくなった。どうしても死骸を土で隠すしかなかった。少年がどんな動きをしようと、空洞の目が彼から逸れることはなかった。

鉱山の閉鎖が決まったのは、少年が中学に入って、しばらく経った頃だった。製錬所も、鉄道も、選鉱場も、徐々に操業が縮小され、やがてすべてが停止する予定になっていた。作業員の多くは関連会社へ移り、母親はコンビナートの製鉄所で働くことになった。やはり仕事は社員食堂の賄いだった。

少しずつ作業員たちは去ってゆき、鉱山の恵みで栄えてきた村は寂しくなっていった。次々と社宅は空き部屋が増え、飲食店は潰れ、小学校と中学校は次の年の春で廃校になることが決定した。偉いお客さんを幾人も接待した会社の迎賓館、社員の運動会で賑わったグラウンド、いつも派手な看板に彩られていた映画館、隣町のデパートに負けないくらいの品ぞろえを誇った市場、毎月子ども会の集まりが催されていた公民館……。人影の消えた建物は、驚くほどの速さで廃れていった。窓ガラスが割れても、瓦が落ちても、もうそのままだった。逆に植物たちが勢いを増し、建物の傷に入り込み、触手をのばしていった。

社員食堂は規模を縮小しつつ、最後まで営業を続けた。犬の死骸を埋めたあの日以来、少年は一度もアカガシの根元に近づいていなかった。犬は誰にも発見されず、熊に掘り返されたりもせず、無事、骨になって地中深くに眠っているのだと、自分で自分に言い聞かせていた。

母親と少年が社宅を引き払い、海辺の新しい町へ引っ越す日が迫っていた。夜の選鉱場にはまだいくつもの明かりが灯っていた。もう役目は終わる、鉱石の種類も不要物も関係ない、誰もそんな区別など必要としなくなるんだ。台所の窓を見つめながら、少年は窓の向こうに語り掛けた。それでも尚、選鉱場は健気に光を放ち続けていた。

引っ越しのため、天袋を開け、中の荷物を出した時、ラッパはまだ同じ場所に横たわっていた。久しぶりに目にするそれは、埃をかぶり、塗料も房も色あせ、祭りの夜に感じたより一回り小さくなっているようだった。記憶の中で、縮まってしまったのかもしれなかった。

少年がそこからラッパを取り出すことは一度もなかった。毎年の祭りにも足を運ばなかった。天袋には近寄らず、ずっと忘れた振りを続けていた。本当に忘れてしまったと思える瞬間もあったが、例えば学校の音楽の時間に縦笛を吹いている時、あるいは道端で、輪投げのお婆さんが持っていたのとよく似た形の木の枝を見つけた時、急にラッパを握った感触がよみがえり、どうしようもできなくなった。そうなると鼓動がおさまるまで、しばらくじっとしているしかなかった。

母親が遅番の夜、流し台の前に座って選鉱場を眺める習慣は、ずっと変わっていなかった。社員食堂も後始末に追われているのか、母親の帰りは毎日遅かった。選鉱場の斜面は少年に迫って来る迫力で、夜の闇を支配していた。これまで少年は数えきれないくらいの星座を発見してきた。今、自分の目の前にあるものが消え去ってしまうのは、夜空がごっそりなくなってしまうのと同じくらいに信じがたいことだった。

一段、二段、三段、四段……。上から順に段を数えていった。いつも変わらず二十二段あった。それを確認すると、「やあ、こんばんは」と選鉱場が両手を広げて歓迎してくれているような気分になれた。どの段も上から運ばれてくる鉱石たちに必要な手当てを施し、また下の段へと送り届けていた。これから自分の身に降りかかる運命になどこだわりもせず、無数の明かりの中、鉱石たちは広大な循環を繰り返していた。

少年はどんな小さな明かりも見逃さなかった。薄暗がりの奥にひっそりと瞬いているものもあれば、乱反射する光に隠れ、遠慮がちに灯っているものもあった。少年は音楽の時間に使う五線紙のノートをちぎり、そこに星座を描いていった。星座がそのまま音符になった。いくつもの切れ端に星座が浮かび上がった。犬の死を悼むための、選鉱場に別れを告げるための、そしてお婆さんに謝るための音楽だった。

少年は五線紙の切れ端を丸め、母親の裁縫箱から取り出した赤い毛糸で結び、天袋のラッパの中に忍ばせた。そしてラッパの眠りを妨げないよう用心しながら、それをもっと奥へ押し込めた。身長が伸びた分、天袋のずっと向こうの片隅にまで手が届いた。ラッパは星座の音楽を内に抱え、暗闇に包まれていた。決して少年がその音色を耳にすることのなかったラッパだった。

初出　「群像」２０２３年10月号、12月号、２０２４年２月号、４月号、６月号

小川洋子（おがわ・ようこ）

1962年、岡山市生まれ。早稲田大学第一文学部卒業。1988年「揚羽蝶が壊れる時」で海燕新人文学賞を受賞。'91年「妊娠カレンダー」で芥川賞、2004年『博士の愛した数式』で読売文学賞、本屋大賞、同年『ブラフマンの埋葬』で泉鏡花文学賞、'06年『ミーナの行進』で谷崎潤一郎賞、'13年『ことり』で芸術選奨文部科学大臣賞、'20年『小箱』で野間文芸賞を受賞。'19年『密やかな結晶』の英語版「The Memory Police」が全米図書賞の翻訳部門最終候補、'20年ブッカー国際賞の最終候補となる。'07年フランス芸術文化勲章シュバリエ受章。著書に『完璧な病室』『薬指の標本』『アンネ・フランクの記憶』『猫を抱いて象と泳ぐ』『人質の朗読会』『最果てアーケード』『琥珀のまたたき』『不時着する流星たち』『掌に眠る舞台』などがある。

耳《みみ》に棲《す》むもの

2024年10月8日　第一刷発行

著者　小《お》川《がわ》洋《よう》子《こ》

発行者　篠木和久

発行所　株式会社講談社
〒112-8001　東京都文京区音羽2-12-21
電話　出版 03-5395-3504　販売 03-5395-5817　業務 03-5395-3615

印刷所　TOPPAN株式会社

製本所　株式会社若林製本工場

KODANSHA

ISBN 978-4-06-536832-9